Samantha Silvany

VERDADES DIFÍCEIS de ENGOLIR

Planeta

Copyright © Samantha Silvany, 2020
Copyright © Editora Planeta do Brasil, 2020
Todos os direitos reservados.

Preparação: Departamento editorial da Editora Planeta do Brasil
Revisão: Vanessa Almeida e Diego Franco Gonçales
Diagramação: Márcia Matos
Capa: Túlio Cerquize

Dados Internacionais de Catalogação na Publicação (CIP)
Angélica Ilacqua CRB-8/7057

Silvany, Samantha
  Verdades difíceis de engolir: um romance / Samantha Silvany. -- São Paulo: Planeta, 2020.
  256 p.

ISBN 978-65-5535-172-9

1. Ficção brasileira I. Título

20-3216   CDD B869.3

Índices para catálogo sistemático:
1. Ficção brasileira

Ao escolher este livro, você está apoiando o manejo responsável das florestas do mundo

2022
Todos os direitos desta edição reservados à
EDITORA PLANETA DO BRASIL LTDA.
Rua Bela Cintra, 986, 4º andar – Consolação
São Paulo – SP – 01415-002
www.planetadelivros.com.br
faleconosco@editoraplaneta.com.br

Para todas as pessoas que acham que eu escrevo sobre elas.
Vocês têm razão.
Obrigada por tanto.

CAPÍTULO I

> "As pessoas que mais amamos são as que mais nos influenciam a mudar. A gente aprende, então, que é impossível se apaixonar e se reconhecer."

@samanthasilvany

> *Quem pode me explicar a conexão que acontece quando dois corpos que nunca haviam se cruzado se reconhecem no toque?"*

ELE

Certas coisas acontecem em nossa vida para causar uma metamorfose em nossas convicções. A gente tem mania de achar que só existe uma forma certa de se relacionar. O problema é que não há um manual ou uma fórmula secreta para ter um relacionamento saudável e duradouro, porque no meio desse processo imprevistos acontecem. As pessoas mudam e, às vezes, não é de propósito. As pessoas que mais amamos são as que mais nos influenciam a mudar. A gente aprende, então, que é impossível se apaixonar e se reconhecer. A gente muda porque, no fundo, sempre quisemos essa transformação, mas nos faltava coragem, nos faltava exatamente alguém para nos dar aquele empurrãozinho.

    Se alguém me dissesse há um ano que eu faria uma viagem a Málaga, mais precisamente à praia de Guadalmar, conhecida por ser frequentada por naturistas, para passar um fim de semana inteiro levando apenas o indispensável em uma mochila de *camping*, eu diria que as chances disso acontecer seriam abaixo de zero. Principalmente sem a Alicia. Até porque ela nunca toparia uma viagem dessas, verdade seja dita. Eu conheço a peça.

Pra começar, ela não é uma pessoa muito aventureira. Quero dizer, ela adora a natureza, mas desde que seja vista pela janela do seu quarto de hotel cinco estrelas. Fazer trilha, acampar e frequentar uma praia de nudismo não são suas paixões como são para mim. Ela reclamaria do tamanho do bangalô, que só cabe uma cama de casal pequena ao lado de uma estreita cômoda e uma arara de roupas sem ventilador, que dirá ar-condicionado. O bangalô, apesar de simples, é bastante aconchegante para dormir, o que o torna perfeito para mim, afinal, por que eu precisaria de mais do que isso se pretendo passar o dia inteiro na praia? Depois, ela ficaria furiosa ao descobrir que o banheiro é compartilhado entre os três outros bangalôs que ficam no lado poente do *camping*, e se isso não fosse o bastante para que ela desse um escândalo, a falta de Wi-Fi — que só funciona na zona do restaurante, nos tornando refém do 4G — seria definitivamente a gota-d'água.

Porém, sem dúvidas, o que a faria bater o pé para ir embora no primeiro dia seria a suspeita de que eu tinha segundas intenções ao escolher, dentre todas as praias da Espanha, justamente aquela em que é obrigatório ficar nu. Mulheres nuas indo e vindo casualmente em nossa direção. Isso a deixaria louca. Ela não teria paz ao vigiar atentamente cada um dos meus passos, olhares e gestos para as outras pessoas e não me daria paz ao se sentir insegura. Às vezes, eu finjo que não percebo para ver se assim tenho mais sossego.

Com o tempo, fui aprendendo a lidar com esse jeito dela: por fora, o salto alto, o nariz empinado e a coluna ereta — graças às aulas de balé desde o jardim de infância — lhe dão um ar empoderado; parece uma mulher segura de si, que sabe o que quer e, às vezes, é até um tanto quanto presunçosa, mas por dentro é uma manteiga derretida, gosta de demonstrar afeto em público, é carente de atenção (especialmente se for por mensagem, ela reclama o tempo inteiro que eu demoro a responder) e adora ser presenteada com grandes gestos românticos em aniversários de namoro. Jesus, isso já me deu tanta dor de cabeça!

Certa vez, ela viu na internet uma homenagem que um cara fez à namorada através de um *flash mob*[1] e passou uma semana inteira me lançando indiretas para a nossa comemoração de cinco anos de namoro. Para não criar falsas expectativas, eu peguei as suas mãos, olhei dentro dos seus olhos e lhe disse com a voz mais doce que consegui:

— Meu amor, onde eu vou arranjar dez pessoas para dançarem na rua comigo? Onde eu vou arranjar tempo para ensaiar? Além do que, você sabe melhor do que ninguém que eu sou um péssimo dançarino! Isso é coisa de adolescente que tem tempo sobrando...

Ela torceu a cara, fez beicinho, devia estar pensando a todo vapor em como replicar minhas perguntas, mas, por fim, se deu por vencida, soltou o ar de seus pulmões e concordou.

Francamente, qualquer dia desses a internet vai acabar com meu relacionamento. Como se não bastasse todas as dificuldades da convivência, ainda por cima temos que lidar com essa competição de "quem é mais feliz" à qual todo e qualquer casal que expõe sua vida, querendo ou não, se submete. Saudades do tempo em que rosas e chocolates eram o suficiente para lhe arrancar um sorriso. Hoje em dia eu precisaria de uma floricultura inteira aos seus pés e uma torre de chocolate dos Alpes suíços, no mínimo.

Antigamente, o principal inimigo dos homens era o Príncipe Encantado. Fato. Embora muitos homens não ad-

---

1. *Flash mob* é um grupo de no mínimo dez pessoas que se reúnem repentina e inesperadamente em ambientes públicos para realizar uma apresentação atípica, por um curto período de tempo, e rapidamente se dispersam como se nada tivesse acontecido.

mitam essa rivalidade porque, no fundo, sabem que não são páreos. O Príncipe Encantado que muitas mulheres fantasiam encontrar é a escória da sociedade! Pra início de conversa, o tal do príncipe é um sujeito que enfrenta um dragão e arrisca sua própria vida para resgatar a princesa ~~que ele nunca viu antes, diga-se de passagem,~~ e levá-la para o seu castelo. Ah, e ele faz tudo isso montado em um cavalo branco. Em. Um. Maldito. Cavalo. Branco.

Aí tem gente que pensa: *ah, mas na vida real é diferente!*, afinal, não é. Primeiro, elas esperam encontrar um cara que esteja disposto a passar por cima de tudo e todos sem medir esforços ~~apenas~~ para conquistá-las, mesmo sem conhecê-las muito bem. Segundo, elas esperam que esse cara seja capaz de salvá-las de suas próprias vidas tediosas e, por último, mas não menos importante, elas esperam que ele siga o roteiro: ficar, namorar, casar e ter filhos. Porque mais importante do que viver o momento presente com a pessoa é saber quando irão dar o próximo passo.

Um amigo meu, Mateus, passou por isso recentemente. Ele começou a ficar com uma garota e estava até curtindo se envolver, pelo que conversamos, mas isso não era motivo suficiente para que ele ficasse somente com ela. Eles não tinham compromisso, eles não tinham exclusividade, nunca haviam conversado sobre suas intenções. Mesmo assim, a garota descobriu que ele ficou com outra, foi tirar satisfação, deu um show de alta performance e o bloqueou em todas as redes sociais. A pergunta que não quer calar é: por que ela achou que ele devia alguma coisa a ela? ~~Do nada.~~

Mateus me disse que as palavras dela foram: "Você não teve consideração por mim! Eu estava ficando só com você enquanto você estava pegando todas! É um cafajeste como todos os outros!". Francamente, como ele poderia adivinhar que ela ficaria tão chateada se eles nunca haviam conversado sobre isso? Digo mais: como ele poderia saber que ela estava ficando somente com ele? E, por fim, não é porque ela decidiu por livre e espontânea vontade que ficaria só com ele que isso lhe daria o direito de exigir dele o mesmo. Ela simplesmente espelhou as suas próprias expectativas sobre a relação nele! O pior de tudo é que Mateus era um cara legal com ela, de verdade. Ele a tratava bem, a respeitava, era gentil e educado. ~~Talvez por isso ela o tenha confundido com o maldito príncipe.~~ No fim das contas, até isso foi usado contra ele. Ela lhe disse que eles nunca tinham conversado sobre ter um relacionamento sério, mas as atitudes dele diziam o contrário. Como assim "diziam o contrário"? O que ela queria, afinal, que ele a tratasse mal apenas porque não queria um compromisso?

Vamos pensar um pouco sobre as alternativas:

* Tratar uma mulher como lixo para que ela saiba que você não quer nada sério e/ou que você não está só com ela.
* Tratar uma mulher bem, mas ser visto como lixo por não querer nada sério com ela.
* Iniciar a relação dizendo logo de cara suas intenções e correr o risco de deixar de conhecer – ou até mesmo se envolver – com uma mulher legal porque ela consideraria isso uma ofensa ao seu valor.

Acontece que, a partir do momento em que o cara é totalmente honesto com uma mulher sobre as suas intenções quanto a ter um relacionamento sério ou não, se ele não suprir as expectativas que ela criou sobre ele, ela vai rotulá-lo como cafajeste, sem sequer ter a chance de conhecê-lo de verdade. Às vezes, o cara realmente não está buscando um compromisso, mas conhece uma pessoa envolvente e passa a desejar um relacionamento com ela, entende? Como ele pode saber se ela é a pessoa certa sem antes tentar? Agora imagina se ele diz a ela abertamente que não está buscando um relacionamento, mas que pode acontecer ~~porque, afinal, ele não consegue pre-~~

~~ver o futuro~~, sabe no que resultará? Ela vai dizer por aí que o rapaz a iludiu, caso ele não queira ter um relacionamento com ela. As mulheres falam que querem sinceridade, mas vivem em um mundo de fantasias. Elas não querem lidar com o que está acontecendo e preferem imaginar o que gostariam que acontecesse. Coitado do Mateus. Foi mais uma vítima do legado vitorioso do Príncipe Encantado.

Mas, calma, porque eu ainda não acabei. Trazendo para a realidade, além de o cara ter que mover mundos e fundos pra conquistar a princesa, ele tem que lhe oferecer um castelo. "Ah, mas isso todo mundo sabe que não é possível". Ah, é? Se isso é tão óbvio, por que há tanta pressão para casar depois de um certo tempo de namoro ou depois de uma certa idade (eu considero isso ainda pior)? Como diz o ditado: quem casa, quer casa. Como um jovem adulto que ainda não alcançou a estabilidade financeira vai ter condições de sustentar uma casa? E outra, francamente, por que um jovem adulto que mal tem dinheiro para pagar a fatura do cartão sem entrar no cheque especial e vive na casa dos pais, onde tem um teto, comida na geladeira e roupas lavadas, vai colocar a corda no pescoço para ter sua própria casa? Dito isso, com 20 e poucos anos, a não ser que você tenha nascido em berço de ouro e receba uma mesada generosa dos seus pais, ou que seja um gênio e crie um aplicativo que o torne milionário, você não vai poder oferecer um castelo à princesa. Mesmo que vocês dividam as contas. No máximo vão conseguir manter uma quitinete. Portanto, para essa história de Príncipe Encantado ser mais crível, ele teria que ter quarenta anos, e não vinte. A questão é que, casando ou não com a princesa, os ~~reles plebeus~~ caras têm que construir um castelo para serem bem-vistos pela sociedade, para "serem alguém na vida" e para se tornarem um almejado bom partido. Tenho conhecimento de causa para afirmar sem medo.

Hoje em dia, finalmente ~~e infelizmente~~ o Príncipe Encantado encontrou um adversário à altura: a internet. Então, graças às dezenas de adolescentes que não têm o que fazer e as pessoas que passam o dia inteiro comparando suas vidas com as de outras pessoas no Instagram, as expectativas de romance estão cada vez mais altas! Eu sei porque eu já fui um desses adolescentes, embora no meu tempo o máximo que podíamos fazer era contratar um carro de "Loucura de amor" para surpreender a namorada na porta do colégio, com direito a balões de gás hélio e a música tema da novela das nove, mas, para o meu alívio, Alicia achava isso cafona. Foi só depois dessa Era Virtual que a pressão por surpreendê-la aumentou. Porém, o que ela não leva em conta é que já não somos mais adolescentes e, francamente, depois de tanto tempo juntos a minha criatividade também já se esgotou. Às vezes eu tenho a impressão de que ela está só esperando que eu cometa algum deslize. Eu não sei se ela age assim por me amar demais ou por já não me amar nem um pouco.

Então, não, eu não estou me sentindo culpado por ter dito a Alicia que teria um seminário de escrita criativa em Madri neste fim de semana para ter um pouco de paz, poder me distrair e espairecer. Ela sabe que eu tenho tido dificuldades de escrever, estou em uma fase de bloqueio criativo. O prazo para entregar o manuscrito do meu próximo livro está acabando e meu editor está me pressionando por mais um capítulo até a próxima semana. Se eu dissesse a ela meu verdadeiro destino para buscar inspiração, ela faria de tudo para me convencer do contrário, então eu menti pelo bem da arte, pela minha carreira e pelo nosso futuro.

Alicia sempre foi minha melhor amiga. Já não me lembro do tempo em que escondi algo dela, ainda mais com esse peso. Ela sempre foi a primeira pessoa para quem eu contava tudo que acontecia em minha vida, da separação dos meus pais à minha mudança de carreira; eu fazia engenharia quando descobri que queria ser escritor. Nas aulas de cálculo em que eu não conseguia me concentrar, eu escrevia poemas em meu caderno. Ao fim do meu primeiro semestre percebi que havia mais poesias do que equações escritas e decidi abandonar a faculdade para perseguir minha paixão. Alicia esteve ao meu lado durante todo esse processo, apesar de suas severas críticas a respeito da minha escolha. Ela acreditava que ser escritor era um hobby e não uma profissão. Portanto, ainda que eu a ame muito, há certas coisas que ela não entende. Como o fato de que eu gosto de ter minha liberdade e fazer certas coisas sozinho, e isso não significa que eu não gosto de estar ao lado dela. O fato de que às vezes eu fico introspectivo porque estou com a cabeça a mil, e não porque estou chateado com ela, e o fato de eu me sentir atraído por outras mulheres também não quer dizer que eu não goste mais dela.

Francamente, em um mundo onde existem sete bilhões de pessoas, acreditar que uma, apenas uma pessoa, será atraente para você pelo resto da vida é o mesmo que esperar pelo Príncipe no seu cavalo branco. Na vida real existe tentação, tesão e química. Quem pode me explicar a conexão que acontece quando dois corpos que nunca haviam se cruzado se reconhecem no toque? Quem pode me dizer como ignorar essa conexão? Todo mundo julga saber qual é o caminho certo, e eu bem queria que fosse simples como parece, mas ninguém alerta sobre os desvios.

Eu não planejei nada disso. Não deveria ter passado de uma noite. Em minha defesa, Alicia e eu estávamos brigados. Aliás, tínhamos dado um tempo com gostinho de término. Aquele tempo que a gente pede pra disfarçar que a relação acabou, mas a gente não quer admitir porque tem medo de se arrepender depois. Aquele tempo em que a gente tenta se acostumar com a ausência do outro para testar a própria força.

Aquele tempo bastante conhecido para quem tem um relacionamento muito longo e precisa de uma bufada de ar fresco. Aquele tempo em que a gente acredita que vai ser capaz de curar todas as feridas e nos ajudar a recomeçar do zero. E foi ela quem pediu, por incrível que pareça. Ela saiu da minha casa às quatro horas da manhã, batendo a porta atrás de si e berrando que não queria mais me ver, alto o bastante para que eu ~~e toda vizinhança~~ pudesse ouvir, enquanto descia a escada do meu prédio.

Pra ser honesto, eu nem lembro o que foi que desencadeou essa discussão. Mas eu lembro que naquele dia me sentia cansado demais para revidar, frustrado por nunca ser bom o bastante; eu me sentia derrotado. Se eu não me esforçasse, eu ficaria calado, mas eu fazia tudo por ela. Tudo. Eu tentava ser o maldito Príncipe que ela queria desde os meus dezoito anos. Mas tudo tem limite, francamente. Ainda mais quando a pessoa está sempre te cobrando mais, mais e mais. Por isso, eu deixei que ela fosse embora. Não disse uma palavra, não fui atrás. Para mim, no momento em que ela saiu pela porta, o tempo entre nós havia começado.

Nunca acreditei em destino, mas, por coincidência ou ironia, foi justamente por causa dessa briga que eu decidi ir a uma festa com o Mateus no dia seguinte; embora eu não seja um grande fã da vida noturna ~~porque me considero velho pra isso~~, eu precisava de novos ares, então resolvi sair e curtir como antigamente. E foi justamente por causa dessa balada, que tinha dois ambientes, sendo um deles uma boate e o outro um restaurante, que eu conheci *ela* na fila da lista de espera por uma mesa.

Eu tinha acabado de receber da recepcionista o número para a chamada da lista de espera, Mateus ainda não havia chegado e eu estava prestes a desistir dessa noite, voltar pra casa, colocar meu bom e velho moletom e, para cumprir a minha rotina da fossa, assistir pela milésima vez *Pulp Fiction* tomando uma "breja", quando *ela* chegou falando alto atrás de mim. Olhei para ela com a intenção de recriminá-la por estar praticamente gritando em público, mas fiquei boquiaberto. Ela me chamou atenção na hora. Ela falava ao telefone enquanto seu olhar procurava alguém que já estava dentro do restaurante.

— Oi, com licença, boa noite. — Ela passou na minha frente como se não me visse e se dirigiu à recepcionista. — Minha amiga tem uma mesa, ela está me esperando.

Na hora eu a achei bem abusada, mas algo dentro de mim estava mais interessado no fato de que ela estava ali com uma amiga, e não com um namorado. Isso foi um sinal.

— Como se chama sua amiga? — perguntou a recepcionista enquanto verificava a lista.

— Vanessa...

— Com licença — eu pedi a ela —, você passou na minha frente. Eu estou na fila.

Fui bem frio de propósito, porque a achei muito folgadinha. Ela me disse com firmeza, sustentando meu olhar de volta:

— Mas eu já tenho uma mesa.

— Desculpe, não encontrei ninguém com esse nome — falou a recepcionista.

— Pelo visto não tem. E eu cheguei primeiro — comentei a ela, que continuava ao meu lado na fila.

— Tem certeza? — Ela me ignora e fala com a recepcionista. — Você pode olhar mais uma vez, por favor? Eu falei com ela agora a pouco, sei que ela está aí...

— Você pode ligar para que ela venha te buscar aqui fora? — disse a moça.

— Meu celular acabou de descarregar! Eu não posso entrar pra procurá-la? — ela perguntou à recepcionista.

Eu ri da situação e disse a ela por cima dos ombros:

— Ninguém mais cai nesse golpe.

Ela virou para mim furiosa e falou:

— Isso é da sua conta, por acaso?

— Vejamos... — eu disse, me divertindo em tirá-la do sério —, se você furou a minha frente na fila, isso passa a ser da minha conta, sim.

— Eu não furei a fila. Eu já tenho mesa — ela disse cada palavra pausadamente.

— E onde está a sua mesa que eu não vejo? É aqui? Você vai colocar uma mesa na fila?

Ela continuava me encarando, visivelmente irritada, e eu prendi o riso para não me entregar.

— Desculpe, senhorita. Eu não posso permitir a sua entrada sem que alguém venha te liberar, mas você pode colocar o nome na lista de espera e aguardar cerca de vinte minutos até termos mesas disponíveis — disse a recepcionista após notar o clima entre nós.

— Não, minha amiga está aí. Eu só preciso dar um jeito de falar com ela... — Ela se virou para mim de súbito e falou. — Você. Pode me emprestar seu celular para eu fazer uma ligação? É rapidinho.

Que garota mais abusada era essa? Ainda me desafiando? Eu queria ver até onde ela iria, então eu disse:

— Não. — E ela arregalou os olhos. — Eu sou o próximo da lista, se você quiser pode entrar comigo e procurar sua amiga.

Então ela baixou a guarda e sorriu, e eu só consegui pensar: *Cara, que sorriso é esse?* Nós entramos, eu imediatamente pedi dois drinks ao garçom e convidei-a para tomar comigo. Primeiro ela recusou, então eu tive que apelar e usar o argumento do "se não fosse por mim, você ainda estaria lá fora", e ela acabou cedendo para não ser ingrata.

Os dois drinks se tornaram quatro, que se tornaram seis. A conversa entre nós engatou a ponto de nos esquecermos por completo de nossos amigos. De repente, me dei conta de que

Mateus estaria a minha procura e lhe enviei uma mensagem dizendo que não se preocupasse comigo porque a minha noite estava melhor do que eu esperava. Ofereci, enfim, meu celular para que ela falasse com sua amiga, mas a garota estava na boate do outro lado e ela, para minha alegria, preferiu ficar comigo. Se tivéssemos combinado de nos encontrar, não teria sido tão bom. Sem aquela expectativa de primeiro encontro, sem a interferência de ninguém e sem que nada naquela noite fosse planejado, o papo fluiu de tal maneira que só me dei conta de que éramos os últimos a sair do restaurante quando a recepcionista gentilmente nos trouxe a conta e avisou que iriam fechar.

Não deveria ter passado de uma noite, mas imprevistos acontecem. Se alguém me dissesse há um ano que eu faria uma viagem a Málaga com a garota com quem passei uma noite agradável e despretensiosa naquele restaurante, eu diria que as chances de isso acontecer seriam abaixo de zero. Principalmente porque vou me casar em três meses.

CAPÍTULO II

"O amor não é capaz de nos ferir. Mas uma pessoa que não sabe amar, sim. É essa pessoa que não vale a pena. O amor só nos faz o bem."

@samanthasilvany

> *Quando se cria expectativas sobre uma pessoa, é um problema seu, uma responsabilidade sua. O outro não tem que cumprir o que você idealizou para que você não se sinta frustrado."*
>
> — **ELA**

Já imaginou o que é passar a vida inteira com a mesma pessoa? Dormir e acordar com a mesma pessoa. Todos os dias. Viver as suas piores e as melhores fases. Por toda sua vida. Sempre com a mesma companhia. Como se ela fosse parte de você. Como se ela te conhecesse melhor do que você mesmo. Como se ela, muitas vezes, fosse você. Como se, sem ela, você não soubesse quem é. Sério. Provavelmente viver assim seja a realização do sonho de qualquer pessoa: encontrar sua alma gêmea e viverem felizes para sempre. É o que parece, afinal, foi o que os filmes, as novelas, as músicas e até mesmo as propagandas de margarina exibidas na TV nos ensinaram: a gente *precisa* ter alguém. Só assim seremos felizes.

Infelizmente, eu não tive a sorte de conhecer a minha alma gêmea na adolescência. Na verdade, eu tinha um medo danado de me apaixonar. O que eu mais ouvia sobre o amor eram afirmações que me afastavam de sua essência. Do exemplo que eu tinha em casa com meus pais, que deixaram de se amar, mas não se deixavam, às minhas amigas que muito amavam, mas sempre eram deixadas: o amor me parecia algo doloroso, como uma despedida. Ou uma loucura completa. Ou os dois. A paixão, para mim, era uma cegueira temporária em que a pessoa era incapaz de enxergar o óbvio, mesmo que fosse esfregado na sua cara.

Por tudo isso, eu só tive meu primeiro namorado quando entrei na faculdade de Jornalismo, porque eu pensava saber exatamente o que eu queria, eu acreditava ter maturidade para isso. Fiz tudo conforme mandava o figurino, afinal, eu havia me preparado para este momento da mesma forma que estudei para passar no vestibular. Eu só precisava me pôr à prova e praticar a teoria. Tentei ser a namorada perfeita e interpretei tão bem meu papel que eu realmente acreditei que gostava dele. Mas depois eu percebi que, na verdade, eu gostava da ideia de ter um namorado.

Pra ser sincera, sinto que me relacionei sozinha. Ou, sei lá, me contentei com uma fantasia pra não encarar a realidade. Ou os dois. Sempre fui boa nisso, sabe? Não com romance, mas em imaginar coisas. No quesito amor, passei me arrastando a vida inteira. Em vãs tentativas de parecer amorosa e dedicada, soava desesperada e carente a maior parte do tempo. Honestamente, eu ignorei os sinais, hoje eu sei disso. Meu ex-namorado não se mostrava tão interessado em mim, mas não tinha nada a perder comigo. Demorei um tempão para perceber a diferença: quem gosta, prioriza. Ele não terminava comigo porque era conveniente, e eu, boba, pensava que era porque tivesse sentimento por mim. Eu evitava a todo custo me questionar se a relação que tínhamos me bastava para não quebrar o encanto. Meu próprio encanto.

Mesmo depois que terminamos, não paramos de nos ver. "Nunca acaba quando termina. Enquanto não aparecer alguém interessante, ele é a minha melhor opção", eu dizia pra mim mesma e, por isso, continuava insistindo. No fundo, eu tinha esperança de que ele mudaria, que ele se apaixonaria perdidamente por mim e descobriria que eu era a mulher da sua vida. Sério. O pior veneno é a mentira que contamos a nós mesmas, e são as pequenas doses (que parecem que não vão dar em nada) que se fazem mais letais. Eu apenas aceitava as migalhas de afeto que ele me oferecia e dava a isso o nome de amor. Doeu muito mais me desapegar do que eu queria que acontecesse do que daquilo que realmente aconteceu, sem dúvidas. Se eu tivesse lidado com a relação que tínhamos (ou com a falta de relação), e não com a relação que eu gostaria de ter, teria me poupado um bocado.

Eu perdi bastante tempo presa nessa história, porque me aterrorizava a ideia de passar por tudo de novo com outras pessoas, até sabe lá Deus quando encontrar alguém feito pra mim. Então eu dava murro em ponta de faca: ficava superdecepcionada com ele por não agir como eu esperava que meu namorado deveria agir. Mas não dá pra cobrar reciprocidade de ninguém. Quando se cria expectativas sobre uma pessoa, é um problema seu, uma responsabilidade sua. O outro não tem que cumprir o que você idealizou para que você não se sinta frustrado. Foi o que eu aprendi.

O amor é muito maior do que eu pensava. Se eu soubesse disso naquela época, talvez eu nem tivesse me arriscado nessa busca. Mas esse é o tipo de lição que a gente tem que aprender por conta própria. Não adianta alguém nos descrever como é a sensação de ver a pessoa amada e ficar com as pernas bambas, com o coração acelerado e as mãos suando frio. O clichê todo mundo sabe, mas a gente precisa sentir na pele para entender. Porque o que o amor faz conosco é transformador. É um divisor de águas em nossa vida. É um bombardeio de emoções que a gente nem sabe que tem. Ninguém explica isso. O amor não é capaz de nos ferir, mas uma pessoa que não sabe amar, sim. É essa pessoa que não vale a pena. O amor só nos faz o bem. Agora eu sei disso. Não falta amor nas pessoas, falta maturidade para se relacionar.

Apesar de começar com o pé esquerdo a desbravar o caminho dos relacionamentos, isso não me fez perder a esperança de encontrar o amor da minha vida. Quero dizer, talvez só um pouquinho. Eu decidi que só iria namorar de novo se fosse pra valer, e namoraria alguém que eu tivesse certeza de ser certo pra mim, por isso tive várias relações, mas nenhum relacionamento de verdade, sabe?

Já me machucaram muito; sempre que dei a cara à tapa alguém bateu com toda a força, mas sei que se fosse eu a bater, doeria muito mais. Eu prefiro ter paz, mas não gosto de ficar sozinha. Esse é o problema. Eu gosto de ter alguém pra pensar, pra falar sobre com minhas amigas, pra me fazer companhia no domingo à tarde. O difícil é encontrar alguém que queira o mesmo que eu. A maioria dos caras da minha idade (pra não dizer todos) não tem maturidade para se comprometer, eles se importam mais com quantidade do que com qualidade. Eles são capazes de perder a mulher de suas vidas por uma aventura de uma noite. Não é à toa o que dizem sobre os homens demorarem mais do que as mulheres pra amadurecer. É real.

Imagino que seja por isso que eu não consiga tirar *ele* da cabeça. Eu nunca senti nada igual. Nenhum cara jamais me tratou como ele me trata. Com ele, eu me sinto uma verdadeira princesa. Ele me endeusa como ninguém fez. Eu sinto que ele valoriza cada momento comigo como se fosse o último.

Desde que voltamos de Málaga há uma semana, eu estou vivendo em uma realidade paralela. Sério. Não consigo me concentrar em nada. A qualquer momento, Miranda irá me cobrar o texto de duas mil palavras para minha coluna dessa semana em sua mesa, e até agora eu só escrevi o título: *Crise dos vinte e poucos anos, como lidar?* Apesar de ser um assunto que eu domino, me parece muito mais interessante pesquisar a compatibilidade astrológica de nossos signos: ele é Leão e eu sou Câncer. Uma combinação cheia de controvérsias. O leonino é regido pelo Sol, gosta de ser o centro das atenções, é seguro de si e pode ser excessivamente egocêntrico, o que pode acabar me magoando, como uma sensível canceriana. Câncer é regido pela Lua, o que quer dizer que tem o humor bem instável (sei bem disso), se entrega demais quando ama, mas também se ressente na mesma medida se não for correspondido como espera. Ou seja, a atração entre nós é forte e inegável (eu nem precisaria ver o signo para saber disso), mas também há muitas diferenças que podem tornar a relação desafiadora. Por enquanto estamos a salvo. Ele está encantado com a delicadeza da canceriana e eu estou derretida pelo jeito protetor do leonino.

Olho para o relógio e vejo que já passou meia hora, e eu ainda não escrevi nem um parágrafo do meu artigo. Não importa o que eu faça, minha cabeça sempre dá um jeito de trazê-lo à tona novamente, e eu me perco completamente no *Fantástico Mundo de Sofia*. Foi tudo tão perfeito nessa viagem que eu não me canso de reviver cada momento em minha memória.

O convite foi a primeira surpresa. Eu pensava que ficaríamos pelo menos duas semanas sem nos vermos porque ele está bastante focado na escrita de seu novo livro. Eu vinha me preparando psicologicamente para isso, porque eu sei o quanto a saudade dele tiraria sarro da minha sanidade, mas nem nos meus melhores sonhos eu poderia imaginar o que ele havia preparado pra gente. Foi um fim de semana para matar de inveja qualquer filme de comédia romântica. É incrível perceber que quando estamos apaixonados parece que as engrenagens do mundo se colocam a rodar, o céu sorri em diferentes tons de azul e a gente tem vontade de cumprimentar cada uma das pessoas que cruza por nós na rua. Naquele *camping*, longe do caos da cidade, dos nossos amigos e do trabalho, tudo o que tínhamos era um ao outro e nos entregamos como se nada mais importasse. Passávamos o dia inteiro na praia e quando íamos ao restaurante, o único lugar onde o sinal do celular pegava, ele respondia alguns e-mails enquanto eu mandava notícias à Vanessa sobre a lua de mel que estávamos vivendo (na minha cabeça).

    Há cerca de quatro meses, desde quando eu o conheci, ele tem revirado a minha vida. É impossível colocar todas suas qualidades no papel, ele é melhor que qualquer fantasia. Pra ser sincera, ele é bom demais pra ser verdade, porque preenche todos os meus pré-requisitos: é bem-sucedido por mérito próprio, é engraçado de um jeitão sarcástico, bastante educado, fala três línguas, toca piano (quem não tem queda por músicos que atire a primeira pedra!), tem 27 anos e um charme difícil de descrever.

    No dia em que nos conhecemos, assim que eu o vi na fila da lista de espera do restaurante, pensei: *Eu me casaria com este homem agora!* Então dei um jeito de me aproximar para que ele me notasse, e ele caiu como um patinho: logo começou a puxar assunto comigo. No fim das contas, dispensamos nossos amigos e passamos a noite juntos. Foi como um encontro às cegas que não havia sido planejado. Poderia ter sido um grande fiasco se não tivéssemos uma conexão inexplicável. Eu fiquei encantada com a sua beleza enquanto nem sequer havíamos nos apresentado. Depois que o conheci melhor, percebi que ele era mais lindo ainda por dentro. O papo entre nós flui por madrugadas inteiras. Eu amo o jeito como ele me ouve. Ele me dá toda sua atenção e isso faz com que eu me sinta importante. Às vezes prolongo a conversa com algumas bobagens até mais do que devia porque, na verdade, amo perceber que ele não tira os olhos de mim. Eu amo a forma como ele fala de mim. É como se ele me visse melhor do que eu realmente sou. Ou talvez ele tenha me tornado melhor do que eu sou. Eu amo que ele se veja em mim. Eu amo que ele queira fazer parte da minha vida. Eu amo nosso silêncio e tudo que tenho aprendido sobre mim mesma quando estou ao lado dele. Talvez isso soe como um exagero, eu entendo. É sinal de que estou transbordando.

Eu já estou cansada de saber que os primeiros meses são o paraíso na Terra, tudo são flores e até os defeitos da pessoa a gente acha engraçadinhos. É a fase do encanto, em que uma mera mensagem de "bom dia" faz o coração disparar, em que passamos o dia inteiro naquele flerte pela internet, enviando memes um ao outro e falando sobre o quanto queríamos estar juntos. Mas tenho que admitir que essa fase é muito gostosa! A intimidade que tenho com ele em tão pouco tempo por causa da troca de mensagens é maior do que jamais tive com qualquer outro com quem convivi. Mas confesso que eu me contenho na frente dele porque não quero que ele perceba que já estou tão envolvida. Minha intensidade já assustou muitos homens. Ou talvez foi culpa das expectativas que eu criava. Ou as duas coisas.

Muitas vezes, eu só queria entender o que tínhamos (se era namoro, um rolo ou um lance), mas o sujeito pensava que eu estava cobrando uma atitude dele. Não era minha intenção cobrar nada, mas se por acaso essa conversa nos levasse a ter que decidir se era um relacionamento sério ou não, que problema há nisso? Depois de um tempo (e de quebrar muito a cara), eu percebi que tinha que mudar minha abordagem. Minhas amigas me diziam que eu ia com muita sede ao pote e, assim, todos os caras iriam se afastar.

Meus relacionamentos (se é que eu posso chamar assim) duravam mais se eu bancasse a Garota Legal. Aquela que está solteira por escolha própria, que é amiga de todos os ex, que não pega no pé do parceiro, não faz drama e parece que nunca sofreu por amor. Já nem conto nos dedos quantas vezes eu já vi o fulano de quem eu gostava pegando outra garota bem na minha frente e esbocei um sorriso como se não fosse nada enquanto meu coração sangrava. O problema é que eu nunca conseguia sustentar o disfarce por muito tempo. Eu me colocava em tantas situações desconfortáveis que, cedo ou tarde, a minha máscara caía. Eu revelava meu verdadeiro eu quando estava em meu pior estado: machucada e vulnerável (e possivelmente bêbada e humilhada). Então eles se sentiam pressionados e me davam um pé na bunda. Simples assim. O pior de tudo não era me sentir insuficiente, mas ser rejeitada, sabe?

Onde está a vantagem de não dizer as suas verdadeiras intenções? Sério. Veja bem, se eu finjo para o sujeito de quem estou a fim que eu não quero ter um relacionamento sério e ele concorda comigo, o melhor que pode acontecer é ele não ter um relacionamento sério comigo. Então, se eu digo a verdade e ele foge, vá com Deus! Ele definitivamente não é a pessoa certa para mim, afinal, ele não quer o mesmo que eu. A questão é que antigamente nem eu admitia o que queria. Eu estava me boicotando, iniciando relacionamentos que nunca se tornariam o que eu buscava porque, no fundo, eu ainda trazia no peito os mesmos medos que eu tinha na adolescência. A falta de coragem de me declarar nada mais era do que o medo da rejeição, de descobrir (mais uma vez) que estava apaixonada pelo que eu inventei. Hoje em dia eu prefiro esclarecer isso de uma vez para não perder meu tempo investindo na pessoa errada.

O que eu ainda não sei até hoje é qual é a hora certa para ter *A Conversa* sobre as intenções de cada um. Aliás, existe uma hora certa? Porque quatro meses me parece tempo suficiente para uma pessoa saber se quer ou não ter um relacionamento sério com alguém que está saindo. Porque eu sei, pelo menos. Porque eu soube, pra ser sincera, assim que o vi. Com o tempo apenas confirmei minha suspeita. Mas obviamente eu não quero que ele pense que estou lhe cobrando alguma coisa. Eu não quero que ele desista de mim sem me conhecer de verdade. Eu só quero saber se ele me vê como eu o vejo, ou melhor, se olhamos para a mesma direção. Eu não quero forçar nada a acontecer, sabe? Mas eu espero que não demore muito para que a ficha dele caia que não podemos "ficar ficando" para sempre. Uma hora assume ou aparta. Apesar de que, depois dessa viagem, arrisco dizer que as coisas estão se encaminhando para direções melhores do que eu esperava.

    Parece que o jogo, finalmente, está virando ao meu favor.

CAPÍTULO III

"

Ninguém pode ser tão bom a ponto de fazer com que você, apesar de todos seus esforços, sinta que não é bom o bastante."

@samanthasilvany

> *Atração física é química. Mas conexão mental é admiração, é sentir-se à vontade em ser você mesmo. É um raro e verdadeiro encontro de almas."*

ELE

Tenho que confessar que quando Mateus me disse que a viagem a Málaga não era uma boa ideia, eu não acreditei. Ele disse que Sofia ficaria caidinha por mim e iria tornar a minha vida um inferno. Eu rebati, lógico. Disse que era um exagero, que ela não era como a Alicia. Aliás, justamente por isso que eu a chamei. Eu não queria drama nem dor de cabeça. Queria apenas curtir minhas miniférias para renovar minhas energias e voltar inspirado a terminar meu livro. Acontece que Mateus tem uma lábia admirável: embora no primeiro momento você possa não confiar no que ele diz, geralmente é tão convincente que você acaba acreditando. Suas teorias parecem malucas, até acontecer exatamente como ele disse. É surpreendente. Além do que, ele é um sujeito que não se envolve com facilidade, mas que consegue atrair muitas mulheres. Ele sabe manter racionalidade quando necessário e sabe ser fofo quando é preciso. É movido pela conquista e por isso está há bastante tempo solteiro. Sua opinião sobre a arte da sedução tem seu valor, não posso negar.

Talvez eu devesse ter ouvido o Mateus porque, apesar da nossa viagem ter sido tudo que eu precisava naquele momento para me estimular a escrever, sinto que as coisas saíram um pouco do controle entre nós dois. Talvez eu e ela não estejamos na mesma página como eu pensava, não sei.

É muito difícil entender as mulheres, porque elas não costumam falar o que estão pensando, mas têm mania de falar como estão se sentindo de forma inconclusiva. Acontece que eu não tenho bola de cristal, eu não tenho como saber o que se passa na cabeça delas. Aí, nessas horas, sou chamado de insensível. Francamente, eu apenas não gosto de rodeios, prefiro que vá direto ao ponto. Se uma pessoa não me fala o que está pensando, eu suponho que não tenha problema nenhum entre nós. Eu não fico me perguntando por que ela está assim ou assado, nem por que está agindo diferente. Eu espero que ela me diga, ué. Pra que complicar tanto as coisas? Se ela não está em um dia bom e não me fala nada sobre isso, eu imagino que seja porque ela não quer falar sobre o que está a incomodando. Pode ser algo relacionado ao trabalho, à família, às amigas. Sei lá! A questão é que se uma pessoa não se sente confortável em me falar o motivo de estar de cara fechada, eu não acho que a culpa seja minha. Por que acharia? Se ela tem algum problema comigo, tem que resolver comigo, e não esperar que eu desvende o enigma da esfinge. Como eu vou consertar algo se eu nem sei em que estou errando?

Com a Alicia eu aprendi que a única forma de não estar errado é ficando calado, porque eu já cansei de tentar entender o que ela quer, francamente. Eu já fico irritado quando ela começa a se lamentar:

— Estou tão cansada do meu trabalho! Mal tenho tempo para me cuidar.

— Então sai do trabalho, ué. Você pode abrir sua própria marca, trabalhar de casa, fazer seus horários…

— Mas logo agora que eu fui promovida? Eu me esforcei tanto pra isso! O problema é que a pressão em cima de mim aumentou. Nunca fui tão cobrada! Eu me sinto exausta… — ela continua.

— Então do que você está reclamando?

— Eu não estou reclamando. Estou desabafando com você. Será que você pode me ouvir? — Ela revira os olhos.

— Mas eu estou te ouvindo.

— Não está, não! Você está me julgando. — Ela aumenta o tom de voz, do nada.

— Julgando?! Eu estou sugerindo soluções para seus problemas, só isso.

— Mas eu não pedi que você resolvesse minhas questões! Você não precisa bancar o herói sempre que eu te falar algo. — Ela cruza os braços.

— E o que você quer de mim, afinal? — Eu dou de ombros.

— Nossa… por que eu ainda me importo?!

Essa é a hora em que eu simplesmente entrego os pontos e me calo. Não adianta. Ela não quer resolver seus problemas, quer apenas reclamar ~~e isso é muito chato~~. Tem dias que eu também estou exausto do meu trabalho, mas eu não fico despejando minhas derrotas nela. Primeiro eu procuro soluções, depois nós conversamos sobre. Não vejo o menor sentido em focar nos impeditivos, e não na resolução. Ninguém pode ser tão bom a ponto de fazer com que você, apesar de todos seus esforços, sinta que não é bom o bastante. Não importava o que eu fizesse, Alicia sempre queria mais.

Já com Sofia, eu pensava que fosse ser diferente. Ela é tão direta sobre suas vontades, tão honesta quando dá sua opinião… Não me pareceu ser o tipo de mulher que fica de joguinhos, era até madura demais para seus 23 aninhos. Nos falamos a semana inteira por mensagem como de costume, e eu juro que não notei nada estranho. Pra falar a verdade, eu não estava muito atento, eu tive uma semana bastante estressante. Alicia de alguma forma descobriu que eu fui a Málaga e ficou me enchendo de perguntas do tipo por que eu viajei, por que escondi isso dela, o que eu fui fazer etc. Eu não faço ideia do que ela fez para descobrir e confesso que isso me deixou um pouco assustado, começo a pensar que minha vida amorosa está diretamente ligada ao meu bloqueio criativo. Ela passou a semana toda desconfiada, me vigiando, me ligando o dia inteiro. E olhe que eu lhe disse a verdade quando me questionou sobre a viagem: eu apenas precisava de férias para limpar minha mente. Mas ela veio com quatro pedras na mão para cima de mim, como sempre. Ela não entenderia isso antes e não entende isso agora. Fato. Não era o tipo de viagem que ela gostaria de fazer, mas era exatamente o tipo de férias que eu precisava.

    De qualquer forma, eu precisava amenizar a situação com a Alicia, então na sexta-feira à noite preparei uma surpresa especial para ela, para Príncipe Encantado algum pôr defeito, do jeitinho que ela gosta. Primeiro, decorei seu apartamento inteiro com pétalas de rosas vermelhas pelo chão, fazendo uma trilha que a conduziria para a próxima surpresa em seu quarto. Imagino a cara que ela fez ao ver em sua cama o vestido que vimos na vitrine de sua loja favorita – ela pensa que eu não a escuto, mas eu presto atenção, sim, aos detalhes – e mais um Louboutin para sua extensa coleção de saltos altos. Sei que isso já seria o suficiente para lhe arrancar um sorriso e amolecer seu coração, mas eu precisava me esforçar mais e, como todo bom escritor, o que eu faço de melhor é traduzir sentimentos em palavras, portanto, o presente também acompanhava uma carta e terminava com a promessa de passar às oito da noite em sua casa para buscá-la.

Quando cheguei à sua porta e buzinei, ela saiu deslumbrante e completamente rendida. Levei-a ao teatro e assistimos a uma comédia divertidíssima e, por fim, mas não menos importante, fomos jantar. À essa altura, ela esperava que eu tivesse feito uma reserva no restaurante que costumamos ir, mas na verdade eu contratei o *chef* para que cozinhasse exclusivamente para nós em meu apartamento. Nada paga a cara que ela fez quando fomos para minha casa e, ao abrir a porta, deu de cara com um jantar à luz de velas caprichosamente preparado. Eu amei vê-la feliz daquele jeito, fez tudo valer a pena. Não preciso nem dizer o quanto essa noite foi especial para nós.

Sendo assim, eu esperava que no sábado à noite ela pudesse aproveitar a noite com suas amigas enquanto eu teria um tempo para mim, mas um convite inesperado mudou meus planos:

"Vem dormir comigo hoje?", sem cerimônia, Sofia me desarmou completamente com essa mensagem.

Eu disse a ela que estaria trabalhando até tarde, mas que se não fosse um problema, eu poderia ir por volta de meia-noite. Era o tempo que eu precisava até que a Alicia já estivesse entretida o bastante com suas amigas para dizer a ela que iria dormir e nos despedirmos.

Quando cheguei ao apartamento de Sofia, percebi que ela havia se esforçado para me receber ~~ou para me impressionar~~. A mesa na varanda estava posta com uma tábua de frios e queijos de maneira caprichosa; luzes pisca-pisca faziam do teto um céu estrelado. Ela pensou em todos os detalhes para reproduzir as nossas noites no bangalô, jantando à luz da lua. Elogiei, é claro, para que ela soubesse que eu notei. Abri uma garrafa de vinho branco e nos sentamos no sofá de palete no estilo namoradeira que ela mesma fez, e eu logo senti aquela familiar leveza em sua companhia que me transporta para outra realidade. Foi a primeira vez nesta semana em que eu me senti realmente relaxado. Aliás, aliviado. Nós merecíamos isso. Pena que esse clima de paz e harmonia não durou até o fim da noite.

Quando estamos juntos, não tenho do que reclamar. Ela parece ser a garota perfeita. Tem um jeito espontâneo e honesto que soa como a inocência de uma criança. É como se não tivesse filtro mental: ela pensa, ela fala. Ao mesmo tempo, se aprofunda até nas menores causas. É capaz de fazer um monólogo sobre o impacto do aquecimento global na mesma intensidade com que defende o romance entre seus artistas favoritos. Ela tem mania de enrolar a ponta do cabelo quando está concentrada e nem imagina o quanto eu acho isso sexy. Eu me vejo muito nela quando tinha a sua idade. A sua sede de vencer na vida é implacável. Seus olhos brilham sempre que ela fala de seus planos, sonhos e projetos. Ela é o tipo de mulher que faz qualquer um sentir que ela te quer, mas ela definitivamente não precisa de você. Quando ela está feliz fica ainda mais bonita. Todo seu corpo vira luz e ela simplesmente reluz. Ela deixa tudo ao seu redor mais leve, e eu me sinto privilegiado. A verdade é que ninguém se conhece em vão. A vida nos une às pessoas com que temos um propósito em comum. Às vezes porque merecemos e, às vezes, para aprendermos. Mas ninguém é por acaso. Eu tive muita sorte porque ela tanto me abençoa quanto me ensina. Até porque todo mundo serve por uma noite: atração física é química. Mas conexão mental é admiração, é sentir-se à vontade em ser você mesmo. É um raro e verdadeiro encontro de almas. Eu notei que ela era diferente das outras desde a primeira vez que conversamos. Ela tem o sal que falta nas mulheres doces.

— Vamos brincar de um jogo! — ela me disse na noite em que nos conhecemos, quando estávamos no auge do efeito do álcool.

— Você não acha que estamos um pouco velhos para brincar de verdade ou consequência? — questionei.

— Quem foi que falou algo sobre verdade ou consequência? Aqui é verdade ou verdade. Vou cronometrar dois minutos no meu relógio e durante esse tempo eu posso te perguntar o que eu quiser e você tem que responder com a primeira coisa que vier em sua cabeça, que geralmente é a verdade.

Mas que garota atrevida era essa? Eu topei na hora para ver onde isso daria.

— O que você quiser…? — perguntei.

— Sim, qualquer coisa. E não pode ficar enrolando para ter mais tempo para pensar, ok?

— Tudo bem! Manda ver!

Ela iniciou a contagem no relógio e disparou:

— Qual a sua lembrança mais valiosa?

— A última vez em que saí com meu avô para uma feira municipal. Eu era criança e não tinha consciência da importância desse momento juntos, só eu e ele. Se eu soubesse que seria a última vez que faríamos isso, eu jamais teria reclamado de acordar cedo em pleno fim de semana.

Ela me lançou um olhar complacente e sorriu com o canto de boca antes de prosseguir:

— Qual é a maior conquista que conseguiu em sua vida?

— Publicar um livro, é claro. O sonho de todo escritor é ser lido.

Ela assentiu com a cabeça e continuou:

— O que mais valoriza em um amigo?

— Lealdade.

— Gostaria de ser famoso? De que forma?

— Não. De jeito nenhum, tenho pavor à fama.

— Se pudesse mudar algo em como foi educado, o que seria?

— Hum… deixa eu ver. Não posso reclamar de nada que meus pais fizeram por mim, mas gostaria que tivessem me apoiado quando decidi viver como artista. Só isso.

— Qual seu maior objetivo de vida atualmente?
— Ter meus livros adaptados para o cinema.
— Quantos relacionamentos sérios você já teve?
— Apenas um.
— Está solteiro?
— Sim.
— Cite algo que, para você, é o mais próximo da perfeição.
— Batatas.

Dessa vez, ela riu de forma estridente e eu senti os olhares de julgamento das pessoas ao nosso redor, mas não me importei nem um pouco. Nunca vou esquecer a primeira vez em que ouvi o som da risada dela.

— Mas como assim?! — ela perguntou.
— Ué, eu nunca comi, em toda minha vida, absolutamente nada feito de batata que fosse ruim! Batata faz qualquer coisa dar certo! — Eu realmente acredito nisso.
— Tudo bem, tudo bem. O tempo está acabando, eis a última pergunta: se pudesse escolher qualquer pessoa no mundo, quem você convidaria para jantar?
— Você. — E nessa hora eu a vi ficar tímida pela primeira vez. Suas bochechas coraram e ela sorriu sem mostrar os dentes.
— Há quanto tempo você está solteiro?

Triiiiimmmm. E eu fui salvo pelo alarme do relógio antes que pudesse me decidir entre dizer ou não a verdade.

— Sinto muito, mas seu tempo acabou, senhorita. Agora é minha vez. — Eu não queria estragar nosso momento.

Francamente, depois de tantos anos em um relacionamento sério, eu achava que já não sabia mais como flertar, mas com ela foi fácil, foi natural, foi como se não pudéssemos evitar o que estava prestes a acontecer. Temos uma conexão inegável. A gente se atrai, se atrita e pega fogo. Quem, no meu lugar, seria louco de não repetir a dose?

Mas apesar da nossa sintonia, ainda assim, eu não sei ler mentes. Então, no último sábado, enquanto estávamos no maior romance em sua varanda, ela começou a me questionar onde daria nosso relacionamento, e eu achei que fosse mais um de seus jogos. Eu levei na brincadeira aquelas perguntas, mas percebi que o clima estava mudando quando ela disse:

— Vanessa me perguntou quando iria te conhecer, e eu pensei em chamá-la para jantar conosco, e você poderia chamar algum amigo seu.

— Hum... Tipo um encontro duplo? Não sei, não. O que ninguém sabe, ninguém estraga.

— Mas é porque estamos juntos quase todos os fins de semana. Vanessa acha que eu estou trocando a nossa amizade por você...

— As pessoas se preocupam demais com a vida dos outros, não é? Se você está feliz, por que ela se incomoda? Eu prefiro que você não fale sobre a gente com suas amigas. É nisso que dá! — eu disse em tom de brincadeira, mas falei sério.

— Mas você não acha que está na hora de... hum... conhecermos os amigos um do outro?

— Acho que tudo tem seu tempo. Não precisamos armar um esquema para isso. Eu não esperava te conhecer e, olha só pra gente agora! Tenho amado estar com você, estou curtindo, estou feliz. Você também, o que me deixa ainda mais feliz. Eu quero curtir esse momento, só nós dois, pelo máximo que eu puder.

As mulheres adoram comer pelas beiradas e usam táticas para induzir os homens a expressar uma ideia que antes era delas. Eu conheço esse jogo e, portanto, desenvolvi diversas maneiras de mudar de assunto quando percebo que qualquer coisa que eu disser pode, e provavelmente será, usada contra mim. Mas depois de duas garrafas de vinho, eu acabei dando com a língua entre os dentes e falei algo de errado, embora eu não saiba exatamente o quê. Lembrei das minhas conversas com Alicia e me arrependi de ter aberto a boca. Se eu tivesse mentido, com certeza ela não teria se magoado, isso que me irrita. Eu não sei o que ela esperava, mas percebi que minhas respostas não lhe satisfaziam, e quanto mais eu tentava consertar para não correr o risco de soar "insensível", mais emburrada e distante ela ficava. Isso só prova que as mulheres não sabem mesmo lidar com a sinceridade quando não é o que elas querem ouvir. Em determinada hora eu me cansei desse jogo de adivinhação que não nos levava a lugar nenhum e perguntei:

— Aconteceu alguma coisa? Você está agindo estranho. Pode me falar, somos amigos.

— Amigos? É isso que você acha que somos? — ela disse de forma ríspida, quase cuspindo as palavras em minha cara.

— Como assim? Não somos amigos?

— Não somos amigos — ela disse com frieza.

— Não?! E o que somos?

Por que eu não fiquei calado quando tive a chance?

CAPÍTULO IV

―

> "Amor é morar em um peito que nos cabe por inteiro. Se a gente precisa forçar a entrada ou se espremer para servir, é hora de nos mudarmos."

―

@samanthasilvany

> *Não quero preencher o buraco que ninguém deixou, eu quero somar à vida da outra pessoa, eu quero que ela crie um espaço só pra mim. Eu não tenho vocação para ser o prêmio de consolação de ninguém, sinceramente.*

ELA

"— Era isso que eu queria saber!", eu praticamente berrei na cara dele.

— E ele, disse o quê? — Pude notar que os olhos da Vanessa estavam brilhando com essa história. Ela adora um bom drama, e a minha vida amorosa é melhor que novela mexicana.

— Nada! Quero dizer, desconversou dizendo que estávamos vivendo algo tão bom que não tinha por que eu ficar pensando tanto sobre o futuro blá-blá-blá. Aí começou a dizer o quanto eu era diferente das outras mulheres que ele já tinha se envolvido, que eu era muito especial para ele...

— Ah, tá. Mudou de assunto. Conheço bem esse papinho. — Vanessa revira os olhos e abocanha outro pedaço do *muffin* de chocolate. — E aí, que mais?

— E aí ele dormiu lá em casa, né. — Dei de ombros.

— Sabia. Afinal, como resistir a um gato na sua casa dizendo que você é especial? Não te julgo, amiga. — Ela me dá um tapinha nas costas. — Já estive em seu lugar. Mas e aí, voltando... Vocês conversaram depois disso?

— Não. No dia seguinte, ele foi embora bem cedo porque disse que tinha prometido tomar café da manhã com a mãe.

— Vem cá, mas ele sabia que você planejou tudo isso para ter *A Conversa* ou foi pego desprevenido?

— Eu não planejei por causa disso! Mas aconteceu...

— Vejo honestidade nas suas palavras, mas não consigo acreditar.

— Agora pronto! Uma garota não pode dar um jantar romântico para o sujeito que ela está ficando?

— Claro que pode. Mas um jantar nunca é só um jantar. A mim você não engana, mocinha.

— Enfim, de qualquer forma, não deu em nada. Ainda não sei o que temos. Estaca zero.

— Amiga, sinceramente, isso significa que ele não está pronto para te assumir. A verdade dói, mas tem que ser dita, me perdoe. Mas, no fim das contas, serviu para que você ouvisse todas essas coisas lindas que a gente sabe que eles dizem para todas, mas adoramos mesmo assim! Confesse!

— É, tem razão... Impressionante como eles sabem direitinho o que dizer para fazer a gente se sentir especial.

— Para manipular, você quer dizer, né? Se tem uma coisa que eles sabem é o que dizer para inverter o jogo, não tenha dúvidas disso. Bom, preciso ir, tenho paciente daqui a vinte, não... dez minutos! Droga, já estou atrasada! Meu Deus, tenho que correr!

Ela se levanta toda atrapalhada, limpando a boca com o guardanapo, ao mesmo tempo em que coloca a bolsa no ombro.

— Desculpa não poder te esperar terminar o almoço! — ela diz.

— Não se preocupe, deixa que eu pago essa. Pode ir! Força, guerreira!

Vanessa cruza os braços acima da cabeça e sai do restaurante aos tropeços. Eu continuo onde estou, pensando sobre o que ela disse. Ter uma amiga psicóloga e supersincera como a Vanessa é uma bênção e um castigo ao mesmo tempo. Ela é a verdadeira Garota Legal e nem se esforça para isso. Na verdade, eu acho que ela nem se dá conta. Ela troca de relacionamento como quem troca de roupa, tem amizades verdadeiras com todos os ex e um invejável controle emocional. É a pessoa mais sensata que eu conheço, mas acho que é também por isso que ela fala as coisas na lata. Ela analisa a situação por uma perspectiva profissional e racional. Típica virginiana, pé no chão. Acho que às vezes ela se esquece de que eu sou amiga, e não paciente dela. Eu sei que ela fala para o meu bem, mas sei lá, talvez ela apenas seja pessimista demais em relação ao amor porque lida com casos assim diariamente e, querendo ou não, já está anestesiada. Na verdade, acho que ela não acredita no amor, mas não é capaz de admitir nem pra si mesma.

Acontece que dói demais ouvir que a pessoa que a gente gosta não quer nos assumir, por mais que eu saiba que ele gosta de mim. Porque eu sei. *Eu não tenho dúvidas disso.* Ele não falou aquelas coisas da boca para fora. *Não é possível.* Mas se ele gosta, por que parece que está me enrolando? Que saco, agora fico pensando nisso o tempo todo. Talvez ele apenas queira ir com calma.

Pelo que entendi, ele teve um relacionamento muito longo, desde o colégio, com a ex-namorada. Ele não se abre comigo quanto a isso. Deve ser porque ela o machucou muito. Ele muda de assunto sempre que eu pergunto algo. Imagino que seja porque ainda dói, é uma ferida aberta. Eu respeito a decisão dele e prefiro não cutucar, mas não vou mentir que eu morro de curiosidade em saber por que eles terminaram, o que aconteceu, quem é ela e, sobretudo, se eles ainda têm contato, aquela coisa toda e tal.

A princípio, fiquei um pouco receosa de me envolver com ele por causa de sua recente solteirice. Todo mundo sabe da regra de três dos relacionamentos: nunca fique com alguém que está solteiro há menos de três meses e nem com alguém que está solteiro há mais de três anos. O primeiro provavelmente ainda não superou a ex e vai te usar como válvula de escape, o segundo provavelmente está emocionalmente indisponível e já se acostumou a ficar sozinho. Até porque eu duvido que em três anos não tenha aparecido uma pessoa legal para o segundo caso. Sério. Na minha opinião, se ele ainda não encontrou a pessoa certa é porque definitivamente não está atento ou não está tão interessado. Logo, esses dois tipos de homem (mulher também, ninguém está imune) são muito perigosos para se relacionar e, obviamente, teimosa como sou, aprendi isso na marra.

No primeiro caso, eu me envolvi com um sujeito que fez tudo conforme manda o *script*: conversou comigo durante uns três dias por mensagem antes de me chamar para sair, me convidou para ir ao cinema, foi me buscar em casa e até abriu a porta do carro. Seria um perfeito cavalheiro, se não fosse um grande ator. Ele era certinho *demais*. Ficava falando sobre igreja, valores, mas tudo parecia ensaiado, repetitivo. Esse tipo não me engana, eu conheço seus truques. Mas na época eu decidi pagar pra ver, não tinha nada a perder. Eu sabia onde estava me metendo, mas ele era um gatinho, e eu estava interessada. Culpada, confesso.

A verdade é que eu acabei entrando em um relacionamento tapa-buraco, porque eu me desdobrava para ocupar um espaço que não foi feito para mim. Aprendi que se a gente tem que se contorcer para se encaixar na vida de alguém, simplesmente não cabemos ali. Amor é morar em um peito em que cabemos por inteiro. Se a gente precisa forçar a entrada ou se espremer para servir, é hora de nos mudarmos.

Depois eu descobri que o nome técnico (segundo o Google) para esse tipo de relação é relacionamento rebote, e muita, mas muita gente mesmo, já passou por isso. Na verdade, esse tipo de relação divide opiniões, porque muita gente acredita que só um amor pode curar o outro e, por isso, assim que acabam uma relação ou ainda enquanto estão em um relacionamento que sentem que vai acabar a qualquer momento, já procuram outra pessoa para colocar no lugar. Aliás, eu também acreditava nisso até me tornar o "amor" responsável por curar outra pessoa, então eu percebi como era grande o peso dessa obrigação, porque ela vinha carregada de frustrações e expectativas de um relacionamento que não tinha nada a ver comigo. Era como se eu tivesse que pagar a conta que outra pessoa deixou, sabe? Por si só, relacionar-se já é tão complicado, imagina quando você ainda tem que carregar a bagagem de outra pessoa?

Ele estava sofrendo tanto, mas tanto, com o término que a única forma que encontrou de lidar com isso foi evitando lidar. Maduro, eu sei (contém ironia). Ter uma nova relação anestesiava a dor das fases do luto após uma perda. Aos poucos eu fui percebendo que ele era extremamente carente e morria de medo de ficar sozinho. Então, eu entendi que o principal motivo de ele estar investindo na nossa relação não era porque realmente gostava de mim, mas porque não gostava de si mesmo. Ele tinha pavor à solidão.

Eu imagino que deve ser mais difícil para os homens entenderem suas emoções porque desde que o mundo é mundo eles são reprimidos. A figura do macho alfa que a sociedade implementou é cruel: um cara que não demonstra seus sentimentos e não se expressa dentro de uma relação porque isso o faz inferior. A vulnerabilidade emocional é frequentemente julgada como fraqueza. Não me admira que um cara, depois do fim de uma relação longa, busque uma parceira para preencher aquela vaga e se sentir melhor consigo (pelo menos é o que ele pensa). Porém, uma grande verdade sobre isso é que as máscaras sempre caem. Ninguém consegue mentir pra sempre, tampouco pra si mesmo. A guerra dele era interna, mas quem pagou o preço fui eu.

Um belo dia, ele simplesmente me bloqueou de todas as redes sociais. Detalhe: dias após termos dormido juntos. Como não sou besta nem nada, usei um perfil fake para ver seu Instagram, e "bingo!", ele havia voltado com a ex com direito a postagem de uma foto juntos e textão de declaração de amor e dezenas de comentários de amigos felizes por eles. Eu já imaginava, mas mesmo assim me senti péssima, me senti usada como um objeto.

Pra ser sincera, o que mais me incomodou foi o porquê de me deixar envolver naquela relação se eu sabia que ele estava me usando para esquecer outra pessoa. Carência? Ou será que eu também estava tentando encaixá-lo em um espaço da minha vida que eu gostaria de ocupar com outra pessoa? Ou será que, assim como ele, eu também tenho pavor da solidão? Confesso que ainda estou tentando descobrir essas respostas. Às vezes eu me pegava pensando que se eu conseguisse fazê-lo esquecer de vez a ex, nós dois ganharíamos; eu teria um relacionamento e ele teria o fim da sua dor. Então, de certa forma, eu queria ajudá-lo para me ajudar. Eu queria o reconhecimento de ter mudado sua vida ou dar um motivo a ele para ficar, nem que fosse por gratidão, mas tudo foi por água abaixo. O lado bom dessa relação foi que eu descobri que não quero preencher o buraco que ninguém deixou, eu quero somar na vida da outra pessoa, eu quero que ela crie um espaço só pra mim. Eu não tenho vocação para ser o prêmio de consolação de ninguém, sinceramente.

Como diz o ditado: gato escaldado tem medo de água fria. Depois dessa experiência horrenda, tudo que eu menos queria era me envolver novamente com um sujeito que não tivesse superado a ex. Eu sei que se eu estiver procurando uma pessoa perfeita, eu vou esperar a vida inteira porque todas as pessoas vão vir com bagagem e, às vezes, a bagagem da pessoa é um relacionamento mal resolvido, e quanto mais a gente amadurece, mais ressabiados ficamos e mais difícil fica de nos relacionarmos. Então, temos que dar oportunidade para as pessoas e não esperar que elas venham com zero problemas, porque a gente pode, sim, se surpreender. E foi por isso que eu entrei de cabeça em meu atual relacionamento. Até porque, diferentemente do tapa-buraco, ele não parece nada estar sofrendo pela ex, e isso é um ótimo sinal. Tudo bem que ele tinha o semblante um pouco abatido no dia em que nos conhecemos, mas imagino que seja normal durante o luto, porém, de lá pra cá, não me lembro de tê-lo visto nenhuma vez sequer triste ou amargurado. Ele se esforça tanto para não trazer o assunto ex à tona que eu acho que ele realmente está tentando seguir em frente comigo. Talvez ele só precise de um pouco mais de tempo para se abrir. Talvez ele tenha medo de se comprometer de novo e não dar certo. Se eu fosse ele, eu teria, não vou mentir. Embora eu nunca tenha tido uma relação tão longa quanto a dele, eu tive várias relações curtas muito intensas e nunca foi fácil terminar nenhuma delas. Todas me mudaram de tal forma que era como se eu amadurecesse dez anos em seis meses.

Não consigo nem imaginar o que é você terminar com alguém que conheceu no colégio e que, provavelmente, você pensou que passaria a vida inteira. Deve ser uma transformação imensa na vida, na sua rotina, nos planos. Talvez o mundo dele tenha ficado de cabeça para baixo e ele precise de um tempo para se reorganizar. Colocando-me agora em seu lugar, talvez eu tenha me precipitado. Ou pior, talvez eu tenha lhe assustado perguntando de futuro... Como foi mesmo que ele falou?

"Tudo tem seu tempo..."

Isso significa que ele talvez não esteja mesmo pronto para me assumir como a Vanessa falou, o que quer dizer que eu, definitivamente, me precipitei ao tentar colocá-lo contra a parede. *Ai meu Deus, estava na cara e eu não vi!*

"Eu não esperava te conhecer, mas olha pra gente…"

Isso significa que ele certamente não estava à procura de um relacionamento sério, mas eu apareci e, então, o jogo virou. Caramba, ele praticamente me disse com todas as letras que não quer pensar sobre o futuro porque ele viu todos os seus planos com a ex serem destruídos, e eu não prestei atenção! Ele deve estar traumatizado. Ou no meio do seu processo de superação. Ou os dois. Ele sempre me fala o quanto ama a leveza da minha companhia, a nossa parceria, e agora eu entendo por quê. Como eu não percebi isso antes? Eu fui completamente precipitada! Eu simplesmente interroguei o menino a respeito de um rótulo para me sentir bem comigo mesma. Todo esse tempo ele tentando me explicar o que estava passando e eu só estava vendo meu lado. *Ai, meu Deus, eu me sinto péssima!* E ainda por cima não nos falamos essa semana porque eu estava bancando a durona, esperando que ele viesse atrás de mim só para compensar a decepção que eu tive de não saber ainda o que temos. Ai, tomara que eu não tenha estragado tudo entre a gente! Ah, quer saber? Vou mandar uma mensagem agora mesmo e quebrar esse gelo.

***

Depois do almoço, voltei ao trabalho com vinte minutos de atraso e paguei um alto preço por isso. Miranda me encarou com a maior cara de grão-de-bico e, para me castigar (eu sei que ela fez isso de propósito), me mandou revisar todos os textos que seriam publicados na edição especial de aniversário da revista; o que não é minha função, vale ressaltar. Mas como diz o ditado: quem pode manda, quem tem juízo obedece. Eu demorei muito para conquistar a confiança dela como redatora, e eu não seria louca de pôr tudo a perder. O único problema é que eu tinha que fazer esse trabalho com ela, na sala dela. Ou seja, eu não tive nenhuma chance de verificar as notificações do meu celular nesse tempo, a não ser quando eu pedia licença para ir ao banheiro. Mas depois de três idas ao banheiro, dois cafés e ter me prontificado a fazer uma cópia na máquina de xerox no andar de baixo, eu já estava sem desculpas. Entretanto o que mais me deixava ansiosa era o fato de que, para minha infelicidade, ele ainda não havia me respondido. Isso me deixou visivelmente agoniada. Sem conseguir manter o foco no trabalho, perdia mais tempo tendo que reler os mesmos textos várias vezes. Eu juro que estava a ponto de dizer que estava passando mal e que precisava ir para casa, mas me controlei. "Prioridades, Sofia. Prioridades!", eu dizia para mim mesma para não pensar no que ele estava fazendo que ainda não tivesse sequer visualizado a minha mensagem.

Quando finalmente Miranda disse que eu estava dispensada, corri até a minha mesa para verificar meu celular e, para minha surpresa, ele ainda não tinha me respondido, mas a mensagem havia sido visualizada. Sim, tinha dois *checks* azuis. E a última hora que ele esteve on-line foi há quarenta e nove minutos, que tal? Três horas já se passaram desde que eu havia enviado. Três horas! Por que, meu Deus, ele não me respondeu? Eis a questão. Ele nunca demorou tanto assim, e eu comecei a me preocupar: não sei se está acontecendo alguma coisa com ele ou se é algo *entre a gente*. Não, não vou ficar paranoica quanto a isso. Na certa ele está muito ocupado no trabalho, assim como eu estava. Com certeza, quando tiver um tempinho livre, vai me responder. Ele não é do tipo que faz isso de propósito.

Para que ele saiba que sou uma mulher compreensiva com sua rotina, vou mandar um meme. Se ele estiver tendo um dia difícil, isso pode fazê-lo rir e quebrar o clima. Enquanto isso, vou para casa, tomar um longo banho quente e preparar meu jantar tranquila e com calma. Não vou sofrer por antecipação, não.

***

Faz meia hora desde que tomei banho e dou uma olhada em como está o *status* dele. Nada ainda. Pelo menos minha última mensagem não foi visualizada, então ele deve estar escrevendo, imerso em seu próprio mundo. Tudo bem, eu tenho que me acostumar com isso. Vou tomar uma tacinha de vinho para relaxar e me ajudar a espairecer. Não vou mais pensar mais nisso. Chega!

***

Já são dez horas da noite e nenhum sinal dele. Já tomei uma garrafa de vinho inteira e não consigo me distrair mais com nada. Confesso que estou ficando cada vez mais ansiosa com toda essa situação. Será que ele está agindo assim de propósito? Será que eu me enganei quanto ao jeito dele? Será que isso é um jogo? Será que ele está me testando? Dou uma olhada na sua janela de mensagem e a última hora vista não mudou. Fico alguns minutos encarando sua foto e me perguntando onde diabos ele se meteu quando, em um sobressalto, ele fica on-line. Até que enfim! Saio bem rápido de sua janela porque não tem gafe pior do que a pessoa falar contigo e as duas setinhas ficarem imediatamente azuis, assim ela percebe que você estava de plantão, vigiando o *status*. Deus me livre! Espero o que imagino serem os três minutos mais longos da minha vida antes de ficar on-line novamente. Abro a janela dele e "dois *checks*", mensagem visualizada de novo. Ele ainda está on-line. On-line. Talvez esteja pensando no que me responder. Fala comigo, fala comigo, fala comigo! Por favor, nunca te pedi nada!

***

Quinze minutos depois e ele ainda não me respondeu, mas continua on-line. Pelo amor de Deus, qual a dificuldade de mandar um "oi"? Seu dedo não vai cair! Não custa absolutamente na-da! Essa história está começando a me irritar. Não vou ficar a noite inteira esperando que ele me responda. Vou mandar uma mensagem de boa-noite e ir dormir como se eu não tivesse percebido que ele me ignorou (mesmo que ele ainda esteja on-line e eu continue encarando sua foto). Amanhã, quando eu acordar, tenho certeza de que ele já terá me respondido, e eu espero que tenha uma boa explicação para isso porque... O QUÊ?! A foto dele desapareceu! ELE ME BLOQUEOU!

CAPÍTULO V

"

Algumas pessoas só se importam com a gente quando querem algo. Outras pessoas se importam com a gente porque realmente querem a nossa companhia. Essas, sim, sabem nosso valor."

@samanthasilvany

> *Todas as vezes em que me sujeitei a convencer uma pessoa a permanecer em minha vida, eu percebi que valia menos para mim mesma porque, no fim das contas, não importava o que eu fizesse, eu sempre era insuficiente."*

ELA

Eu não consigo acreditar que ele fez isso comigo. Juro que não esperava isso dele. Nossa relação estava indo tão bem, eu pensava que o sentimento fosse recíproco. O mínimo que ele poderia me dar era uma satisfação, mas ele nem se deu ao trabalho de se justificar. Eu me enganei ou eu fui enganada? Eu pensava que ele fosse diferente. Agora que penso isso com todas as letras, me sinto patética. Eu sou a única trouxa que acredita nisso, só pode. Eu já devia ter aprendido essa lição. Já vi esse filme tantas vezes. Se nem a atuação dos personagens mudou, que dirá o final! Eles continuam sumindo quando tudo parece estar bem, e eu continuo me doando, me iludindo e sofrendo. Parabéns, Sofia! Nota zero.

É impressionante a capacidade que os homens têm de mudar da noite para o dia e fazer com que nos sintamos culpadas. Tudo bem que eu posso ter pressionado ele *um pouco* para entender em que nível está nosso relacionamento (não estou orgulhosa de mim por isso), mas o que custava ele ter me dito que estava incomodado? É pedir demais que a pessoa seja sincera sobre como ela se sente? O que passa na cabeça de uma pessoa que simplesmente some sem dar satisfação? Será que ele queria terminar comigo, mas não teve coragem? Ou será que ele acha que não precisa terminar porque não temos nada oficial? Ou pior, será que ele voltou com a ex?!

Pra completar, o dito-cujo nem sequer tem redes sociais porque, segundo as palavras dele, "a exposição excessiva é o que adoece as pessoas". Fico de mãos atadas porque não tenho como descobrir nada a seu respeito. Joguei seu nome no Google e o único registro que encontrei sobre ele é referente ao seu livro, e não tem sequer uma foto. Parece que é real o pavor que ele tem à fama, tendo em vista que seu livro é um dos mais vendidos e ele deve ter muitos fãs. Mas precisava levar isso tão a sério?! Qual a graça de ter uma obra reconhecida e ninguém saber quem você é? Eu, hein.

Uma Garota Legal saberia o que fazer. Aposto que ela nunca passa por isso. Provavelmente é ela quem some e deixa os caras perdidos, já que com certeza tem dezenas de outros rapazes atrás dela.

Sempre ouvi que os homens só dão valor às mulheres difíceis, aquelas que pisam neles, porque eles veem isso como um desafio e ficam motivados a conquistá-las. *Quem me dera!* O meu problema é que eu nunca fui esse tipo de mulher. Pelo contrário, quando o sujeito me dizia que a ex dele tinha sido ordinária (bondade minha), e ele estava traumatizado, eu ficava com pena. Eu sentia mais vontade ainda de provar que nem todas as mulheres são assim e que, talvez, eu pudesse ajudá-lo a curar esse trauma. Porque eu sei que seria capaz, se ele me desse a chance. Mas logo aprendi que eles usavam esse discurso de pobre coitado para justificar apenas uma coisa: "não estou pronto para me envolver de novo". Quando não, ele simplesmente te usa até se recuperar emocionalmente e depois te descarta como um guardanapo sujo, porque não precisa mais de você. Besta é quem cai nesse papo! Ou seja, eu. Caí dezenas de vezes. Mas, para minha sorte, minha melhor amiga é a mulher mais coração de gelo que eu conheço e falar com ela é tudo que eu preciso neste momento.

Então ligo para a Vanessa e explico toda a minha situação.

— E aí, o que você faria no meu lugar? — pergunto.

— Antes de qualquer coisa, pare imediatamente de mandar mensagens para ele. Isso é patético. Se ele não te respondeu uma vez, espera. Mesmo que leve uma semana, um mês ou um ano! Quando você manda um monte de mensagens parece desespero.

— Mas é porque ele estava on-line e eu pensei...

— Não! Nem quero saber. Fico com vergonha alheia. Ninguém merece tanta atenção assim. É por isso que os caras ficam se achando!

— De qualquer forma, ele me bloqueou... — Respiro fundo.

— Melhor ainda! É para o seu bem porque eu sei que você iria ficar se torturando, vigiando o *status* dele a cada cinco minutos. Eu te conheço, Sofia.

— *Hunf*... Mas o que devo fazer agora?

— Sumir. — Ela fala como se fosse a coisa mais óbvia do mundo.

— Vanessa, você ouviu alguma palavra do que eu disse? Como eu vou sumir se ele sumiu primeiro?

— Eu sei, mas você tem que seguir com sua vida. Sair e curtir. Não parar sua vida por causa dele, entende? Homem é igual biscoito, vai um, vem dezoito! — Ela ri sozinha da própria piada, como sempre. Eu adoro isso sobre ela: ela faz a piada e ela mesma ri, mas confesso que hoje não estou com paciência para seu humor. — Mas é aquela coisa, basta ele achar que te perdeu, que ele vem atrás. Isso sempre acontece.

— Hum… Então, é sumindo que ele volta?

— Eu não disse isso… Olha, é o seguinte, você não pode dar tanta importância a isso, senão você vai ficar guardando mágoa e na primeira oportunidade que tiver de falar com ele, vai despejar tudo como uma avalanche!

— Então eu tenho que me fazer de doida sobre ele ter ignorado minhas mensagens, bloqueado meu número e sumido por três dias?! — Esse negócio de ser uma Garota Legal é muito mais difícil do que eu pensava!

— Quando ele te desbloquear e vier falar contigo, porque isso vai acontecer cedo ou tarde, você deve estar bem, leve e em paz. É assim que demonstra que ele não foi capaz de te afetar.

— Hum… Faz sentido. Até porque, se ele souber que o sumiço tem me afetado, vai pensar que eu estou em suas mãos.

— E, amiga, sinceramente, você não tem direito de cobrar nada dele. Sinto muito, mas vocês não têm nada. Ainda. Foi legal o que ele fez? Não, de jeito nenhum. Mas isso fala mais sobre quem ele é do que sobre você, entende? Por isso, quando ele aparecer, você vai falar normal: "Ah, oi! Tudo bom? Eu estava muito ocupada vivendo minha própria vida para notar sua ausência". Você não fez nada de errado.

— Tem razão… — Respiro fundo ao admitir.

— Pois é, amiga. Você tem que se priorizar, cuidar de você. Você gasta muita energia pensando nisso e, talvez, ele não esteja na mesma página que você. Está na hora de você repensar se esse relacionamento é mesmo o que você quer!

— Eu não consigo entender porque isso sempre acontece comigo… — eu desabafo.

— Não acontece só com você, eu te garanto. Toda mulher já tomou um chá de sumiço de algum cara com a masculinidade frágil, que se sente pressionado quando a relação está ficando séria e prefere fugir a encarar a situação e ter uma conversa franca sobre suas intenções. Lamentável, eu sei. Mas a única coisa que a gente pode controlar nessa situação é a forma como nos deixamos afetar por isso, entende? Se você permite que o sumiço de um cara qualquer te faça perder o sono ou questionar seu próprio valor, então esse problema é seu, e não dele.

— Não é um cara qualquer, primeiramente — eu rebato. — É o sujeito que eu estou ficando há meses. É pedir muito que a pessoa tenha o mínimo de consideração por mim?

— É, verdade. Você não está pedindo muito. Talvez você só esteja pedindo para a pessoa errada. Já pensou nisso?

Uma coisa eu sei com certeza: eu não mereço isso. Ele só vai me valorizar quando achar que me perdeu, então eu preciso ficar na minha, me controlar para não falar nada e esperar pacientemente que ele venha atrás de mim, por mais torturante que isso seja. Só assim ele vai aprender que não pode me tratar desse jeito. Talvez eu tenha me entregado demais, deixado ele muito seguro sobre mim e agora ele está se achando no controle da situação, achando que me tem a hora que quiser. Pensando bem, eu sempre estive disponível. Em todas as vezes que ele me chamou para sair, eu disse "sim" sem pensar duas vezes. Se arrependimento matasse, eu já estaria a sete palmos debaixo da terra! Sério.

Eu detesto joguinhos de sedução, mas parece que se eu não entro no jogo, eu automaticamente perco. Perco a chance de ficar com a pessoa que gosto, perco a chance de provar o meu valor e, principalmente, perco a chance de ter uma relação. É muito triste lembrar que todas as vezes que eu me envolvi com alguém tive que entrar nesse jogo de gato e rato, premeditar meus passos e não demonstrar o que eu sentia para que ele não se afastasse. Enquanto tem gente que gosta da ansiedade da conquista, eu acho mentalmente desgastante. Pra ser sincera, esse é o tipo de atitude que eu esperaria de um menino de vinte anos, e não de um homem de quase trinta! Quando será que os homens vão amadurecer?

Não consigo parar de me perguntar: será que a culpa é mesmo minha? Será que eu fiz algo de errado? Será que eu me iludi sozinha? Eu até entendo que ele não queira entrar em um relacionamento sério logo após sair de outro (se for esse o caso), mas eu não entendo porque ele preferiu me ignorar em vez de me dizer a verdade quando teve a chance. Será que ele realmente falou o que eu queria ouvir para me manipular, e não porque gosta de mim? Será que ele simplesmente perdeu o interesse? Seja o que for, sumir assim é muita covardia. Não tem desculpa.

Relacionar-se com alguém é se equilibrar na corda bamba entre o sentimento e a loucura. Com o passar dos dias tive a sensação de que a relação estava evoluindo, crescendo, e passei a querer mais consideração, mais afeto, mais compromisso sem sequer me dar conta disso. Para mim, não é o tempo que determina a intimidade de um casal, mas a forma como se tratam, como se veem. Não tenho mais idade pra esses joguinhos, já aprendi que uma relação amorosa não pode ser competitiva porque, nesse caso, até quando a gente pensa que ganhou, perdeu. Por um punhado de orgulho, pra massagear o ego, perde-se todo afeto e respeito que havia sido construído. Não vale a pena, sabe? Um cara que quer se manter no controle da relação não se preocupa com o que eu sinto.

Eu bem sei que se envolver não é fácil. Na verdade, ninguém está suficientemente pronto pra acertar em uma relação. A gente tem que ir se adaptando, se ajudando. A partir do momento em que nos conhecemos melhor, nos reconhecemos no outro. Perda de tempo não é tentar e falhar, mas passar a vida esperando alguém que venha prontinho pra gente; essa pessoa não existe. Então eu não posso culpá-lo por não suprir minhas expectativas, e não posso forçá-lo a ficar. Pessoas são livres pra nos deixar, e quando permanecem ao nosso lado foi porque quiseram, sei disso. Mas não torna menos doloroso o processo de aceitar que partiram sem aviso prévio. Uma coisa que eu nunca vou fazer é pressionar ou me humilhar para alguém estar comigo (porque eu já fiz muito isso e nunca deu em nada). Eu quero alguém que fique porque quer ficar. Ponto. Todas as vezes em que me sujeitei a convencer uma pessoa a permanecer em minha vida, eu percebi que valia menos para mim mesma porque, no fim das contas, não importava o que eu fizesse, eu sempre era insuficiente.

Eu espero que algum dia alguém me escolha naturalmente e se esforce por mim. Enquanto isso, eu seguirei fazendo o melhor que eu posso porque quero ter a consciência tranquila de que fiz tudo de coração, e se ele não me valorizou, ele é quem me perde. Algumas pessoas só se importam com a gente quando querem algo. Outras pessoas se importam com a gente porque realmente querem a nossa companhia. Essas, sim, sabem nosso valor. Eu espero que ele perceba isso antes que seja tarde demais.

CAPÍTULO VI

"A gente desenvolve, na verdade, diversos sentimentos pela pessoa: paixão, ódio, tristeza, alegria – entre tantos outros –, e aprender a conviver com todos eles é o que constrói o amor. Nem todos os dias são flores, mas a gente aprende a ser cuidadoso com os espinhos."

@samanthasilvany

> *No fundo, todo mundo quer acreditar que o amor romântico vai durar para sempre e não ser consumido pela rotina, mas ninguém nos ensina como fazer isso."*

ELE

Alicia está paranoica. Ela sempre foi controladora, mas nunca a vi desse jeito. Ela está fora de si. Disse que estou ausente, que ela deixou de ser uma das minhas prioridades e que não dou a mínima para o noivado. Ela cismou que há um motivo por trás disso, por mais que eu já tenha lhe explicado mil vezes que eu estou em uma corrida contra o tempo para entregar meu manuscrito e que eu preciso me focar.

Eu não entendo o que pode ter mudado em sua cabeça em apenas uma semana! Isso é o que me irrita, ela é instável psicológica e emocionalmente e exige provas dos meus sentimentos por ela com frequência. Não importa o que eu faça, nunca sou bom o bastante. Eu já estou de saco cheio! Talvez ela esteja com medo que eu dê para trás nas vésperas do casamento e por isso está tentando me manter na rédea curta. Quando tentei lhe explicar que agindo assim ela tem me sufocado e prejudicado meu trabalho, piorei a situação. Agora está convencida de que estou escondendo algo. Ela não é capaz de se colocar em meu lugar e reconhecer que precisa maneirar nesse comportamento.

Por precaução, apaguei tudo do meu celular: todas as conversas, os contatos, as fotos e qualquer registro que lhe despertasse o mínimo de suspeita. Aprendi essa lição com a última vez que ela deu um chilique por ter lido algumas mensagens no meu grupo de amigos que lhe desagradaram. Eu não vacilo mais com isso. Eu não quero que ela se magoe por não entender o que está acontecendo, essa é a última coisa que eu preciso nesse momento.

Meu relacionamento com Alicia, assim como qualquer relacionamento longo, tem seus altos e baixos. Eu não sou mais o garoto de 18 anos que fazia de tudo para impressioná-la, por quem ela se apaixonou. Como eu poderia continuar amando-a da mesma maneira se já mudamos tanto? A gente desenvolve, na verdade, diversos sentimentos pela pessoa: paixão, ódio, tristeza, alegria – entre tantos outros –, e aprender a conviver com todos eles é o que constrói o amor. Nem todos os dias são flores, mas a gente aprende a ser cuidadoso com os espinhos.

Já passamos por diversas provações em que pensávamos que seria o fim, mas ao superarmos era como se renascêssemos um no outro. Ficávamos cada vez mais fortes. A sensação de ter alguém com você, por você e para você, não importa o que aconteça, é uma das melhores que eu já senti. Acho que essa é uma das principais razões de estarmos juntos há tanto tempo: Alicia é meu porto seguro. Ela é protagonista da maioria dos capítulos da minha vida, dos piores aos melhores. É difícil ter uma lembrança em que ela não apareça. Portanto, é inevitável que o relacionamento caia na rotina, o sexo diminua e a gente passe a querer estar mais tempo – ou ao menos algum tempo – sozinhos.

Alicia nunca foi muito compreensiva nesse quesito. E isso foi algo que eu também tive que aprender a lidar. Sua insegurança muitas vezes foi o motivo de nossas piores brigas. Incontáveis vezes fui acusado injustamente, e eu nunca dei motivos para tanta desconfiança. Francamente, meu erro foi o contrário: eu lhe dei liberdade demais em minha vida e, aos poucos, perdi meu próprio espaço.

No início do nosso relacionamento, ela reclamava todas as vezes em que eu saía sozinho com meus amigos, mesmo que fosse apenas para um racha de futebol em plena quarta-feira. Em vez de bater o pé pela minha individualidade, eu acabava cedendo para que não brigássemos mais. Logo ela aprendeu que quando esperneava e dizia que ia acabar, eu fazia o que ela queria como um cachorro bem adestrado. Talvez o que esteja deixando-a neurótica ultimamente seja o fato de que eu já não faço todos seus caprichos. Conhecendo-a bem como eu conheço, ela deve estar pirada com a falta de controle sobre a minha vida. Às vezes eu me pergunto se ela tem medo de me perder ou de descobrir que já não sabe mais quem eu sou.

Nunca me achei o tipo de cara que tem uma amante, francamente. Sou um romântico incurável à moda antiga, mas não vou ser hipócrita em dizer que acredito na monogamia como conhecemos. Acredito que os tempos mudaram. Antigamente monogamia significava passar a vida inteira com uma só pessoa e hoje em dia está mais para "passar um período com uma só pessoa". Ou seja, não existe uma lei universal para a monogamia.

Na minha humilde opinião, a monogamia tem deixado as pessoas cada vez mais ansiosas sobre o futuro. Agora temos na palma das mãos um cardápio de pessoas para escolher em aplicativos de namoro isso é muito Black Mirror, o que dificulta a escolha por uma só pessoa. "E se eu encontrar alguém melhor?", eis a dúvida pertinente. Quando conhecemos uma pessoa que nos interessa, analisamos a possibilidade de um relacionamento tal qual uma entrevista de emprego. Todo mundo tem sua lista de pré-requisitos e ao mesmo tempo está tentando impressionar ou simplesmente ser aceito. Há tanta cobrança para se encontrar um "par perfeito" que, como reflexo disso, cada vez mais pessoas têm se permitido viver relações casuais sem a obrigação de mandar mensagem no dia seguinte, de ser interessante, de conhecer o outro de fato. Transar com uma pessoa apenas porque quer transar com ela e seguir com a vida como se não tivesse significado nada porque, talvez, não signifique tanto. As pessoas estão cansadas de viver sob pressão. A monogamia se tornou agonizante.

A grande maioria dos animais, que consideramos irracionais, já entendeu isso, e parece que nós ainda não. Segundo a expertise do sexólogo espanhol Manuel Lucas Matheu, apenas 3% dos mamíferos são monogâmicos. Isso significa alguma coisa, entende? Um estudo realizado com 185 sociedades humanas pela *Ford e Beach* constatou que menos de 16% limitavam seus membros à monogamia. Em outro estudo com 283 sociedades humanas por todo o mundo realizado pela *Murdoch*, encontrou apenas 43 casamentos monogâmicos entre elas[2].

Fico me perguntando se a monogamia é, na verdade, a incapacidade de romper vínculos e se fortalece na cabeça das pessoas por conta das inúmeras regras morais e religiosas. Será que ainda escolheríamos a monogamia se pudéssemos escolher qualquer outra coisa? Porque, até onde eu me lembro, nem sequer tive escolha. É claro que quando comecei a namorar, assim como todo jovem apaixonado, eu não tinha olhos para mais ninguém além da Alicia. Francamente, eu estava tão encantado por ela que não vi as letrinhas pequenas do contrato que havia assinado. Esse contrato não era só amoroso, mas econômico e psicológico também. Ninguém

---

2. Fonte: https://www1.folha.uol.com.br/equilibrioesaude/2020/01/monogamia-e-comoda-e-barata-mas-absolutamente-fragil-diz-sexologo.shtml

me alertou sobre isso. Acho que, no fundo, todo mundo quer acreditar que o amor romântico vai durar para sempre e não ser consumido pela rotina, mas ninguém nos ensina como fazer isso. Literalmente, aprendemos através de tentativa e erro. E põe erro nisso.

Além disso, os namoros que começam na adolescência têm um ar lúdico incomparável aos relacionamentos em qualquer outra fase da vida. Fato. Os sentimentos estão emergindo à flor da pele e não temos a menor noção de como lidar com isso. Precisamos de muito pouco para ficarmos felizes. Em muitos momentos, basta a companhia um do outro que entre quatro paredes viajamos a lugares incríveis. É como se a gente vivesse em outro mundo onde os problemas da vida adulta não são capazes de nos alcançar. Quando o assunto é futuro, a nossa única preocupação é com o casamento; a gente quer viver naquela bolha para sempre. Como se o fato de assumir um compromisso diante de nossas famílias e amigos fosse o suficiente para sustentar o peso de construir uma vida juntos. A verdade é que não temos a menor ideia do tamanho dessa responsabilidade. A gente passa a maior parte do tempo brincando de casinha, fingindo ser adulto e mandar na própria vida sem a interferência dos nossos pais. Sobretudo, fazendo promessas que nunca poderemos cumprir – e não por falta de vontade.

A flor murcha, o sol se põe, o vento vira tornado, a gota vira tempestade. Relacionamentos também decaem de qualidade, deu pra entender? Tudo tem um clímax, o apogeu, o AI MEU DEUS e depois, geralmente, dá uma caidinha. Isso é normal. Não tenho como me manter sempre o mais apaixonado, mais romântico, vomitando arco-íris por onde passo. Para ser honesto, não dá. Ninguém, além de mim, sabe o quanto eu queria seguir esse roteiro de casar com minha primeira namorada e ter uma vida a dois estável e feliz. Esse plano soa tão *certo*. Também não tenho dúvidas de que Alicia cumpriria seu papel de esposa e mãe com maestria. No entanto, aqui estou eu, entre um casamento e uma amante. Francamente, como me meti nisso?!

Eu e Alicia tivemos muitas idas e vindas e, nesse meio tempo, eu curtia doses comedidas da vida de solteiro, mas é a primeira vez que realmente me envolvo com outra pessoa. Emocionalmente, quero dizer. Sobretudo enquanto estou com Alicia. Não deveria ter passado de uma noite, mas eu deixei que ela entrasse, eu deixei que ela permanecesse e nem sei por quê. Tudo que eu sei é que gosto de estar com ela, gosto de como ela me faz sentir, gosto da paz que a sua risada me traz. Se por um lado é confortável estar com alguém que me conhece melhor do que eu mesmo e sabe como completar minhas frases, por outro lado é entusiasmante estar com alguém com quem eu posso ser uma versão aperfeiçoada de mim mesmo. É ter o melhor dos dois mundos. O problema é que, de uns tempos pra cá, o risco de haver uma colisão entre esses mundos tem aumentado. Eu sinto como se estivesse me equilibrando em uma corda bamba entre duas vidas simultâneas e paralelas.

Confesso que eu fui me deixando levar, não pensei onde isso ia dar. Eu não acreditava que fosse passar tanto tempo com uma amante a ponto de atrapalhar meu relacionamento. Pelo contrário, já ouvi de vários amigos meus que ter um caso ou outro pode reacender a chama da paixão quando a relação já caiu na monotonia.

Eu achava que tinha a situação sob controle, mas foi ela quem mudou tudo. Ela entrou em minha vida sem pedir licença e parece ter ocupado um espaço que havia sido reservado em seu nome, e nem eu sabia disso. Não tem outra igual a ela. Ela tem mania de prender o cabelo em um coque alto quando fica nervosa pra ganhar tempo, no entanto, investe por noites seguidas em baladas sem se dar conta dessa tremenda perda de tempo. Ela coça a ponta do nariz pra distrair quando se sente envergonhada, mas expõe a cara à tapa para defender seus ideais sem qualquer vergonha. Já se desfez da opinião dos outros pra reduzir o peso de suas dúvidas, não se preocupa em passar boas impressões. Ela é causa, e não mera consequência. Ela é a razão da minha confusão. Eu não sei dizer em que momento nós cruzamos essa linha de intimidade, carinho e saudade. Quando eu me dei conta já era tarde demais. Nos falávamos todos os dias por mensagem, combinávamos de nos encontrar com frequência e fazer planos com ela me deixava empolgado. Há anos eu não me sentia assim, e demorei um bocado para admitir para mim mesmo que a vida como eu conhecia não tinha como ser a mesma depois dela.

Só eu sei como foi torturante passar a semana sem falar com ela. Imagino quanta coisa deve ter passado em sua cabeça! Mas 1) eu não podia correr o risco de a Alicia "sem querer" ver alguma notificação em meu celular e 2) ela deve ter ficado tão chateada comigo após um dia inteiro sem resposta que eu não saberia como contornar a situação, então achei melhor dar mais um tempo para os ânimos esfriarem. Ainda não sei o que vou dizer, mas espero que a poeira tenha baixado e ela já tenha passado do estágio da raiva para aceitar meu sincero pedido de desculpas.

CAPÍTULO VII

"
Uma mulher não é desconfiada à toa.
A intuição feminina alerta sobre o que os olhos não veem."

@samanthasilvany

"*Por que o modelo de completude é composto por duas metades e não uma pessoa só inteira?*"

ELA

Eu sou dessas que pensa sobre o que sente mais do que deveria e sente sobre o que pensa mais do que gostaria. Mal conheço um cara e já o vejo em todos os meus planos: viagens, idas ao cinema, fins de tarde na praia, as piadas que eu contaria em sua roda de amigos, a roupa que eu usaria quando fosse conhecer seus pais. Eu não sei se sou sonhadora ou uma bomba-relógio. Sério. Sinto meu coração tiquetaquear em desespero; tenho pressa, tenho expectativas e estou prestes a explodir. Também tenho a mania de achar que entendo melhor sobre o tempo que qualquer um. Determinei pra mim mesma um prazo para me apaixonar, casar e ser bem-sucedida, assim como quando devo esquecer, me desapegar e ser livre. De repente, toda minha vida se resume aos sete anos que eu tenho pela frente (até completar 30) para obter sucesso em todos os aspectos, e não aos 23 ou, pra ser mais justa, aos três anos em que eu considero que "acordei para a vida", nos quais eu me reinventei diversas vezes sem me render à fúria da maré de gente perdida num bote salva-vidas furado.

Descobri que o purgatório é aqui, agora, e deixa um monte de gente do bem à beira de um ataque de nervos. Por que se formar aos 23 é melhor do que aos 30, visto que a gente teve tempo o suficiente pra fazer uma escolha consciente de uma profissão que provavelmente iremos seguir? Por que o modelo de completude é composto por duas metades e não uma pessoa só inteira? Por que a gente vai deixar que decidam por nós como deve ser a nossa vida? O que diabos quer dizer essa tão idealizada estabilidade (que supostamente todos procuramos), afinal? Mente sã, corpo são ou uma gorda conta bancária? Sério, essa lista é infindável. Por causa disso, me frustro boa parte das noites quando eu me deito para dormir. Minha mente não me dá sossego e me sinto cansada boa parte dos dias em que acordo e vou à luta. Quando chegarão os dias de glória, por favor, Universo? Quero datas.

Essa semana foi, sem dúvidas, uma prova de resistência ao meu coração, como se fossem poucas todas as vezes em que lhe partiram em milhares de pedacinhos e eu tive que colar um por um. Toda vez eu juro que vai ser a última, mas aqui estou eu de novo. *Nem eu me levo mais a sério!* Qualquer dia desses eu vou desistir do amor. Ou ele vai desistir de mim. Ou os dois. Sei lá, o que acontecer primeiro.

Passei a me torturar com pensamentos de que tudo que eu fiz havia sido uma tremenda perda de tempo. E sabe por que eu acho isso? Porque eu ouvi ameaças desse tipo a vida inteira. Eu me sinto sem forças pra continuar nessa corrida. Nem mesmo a ideia de encontrar milagrosamente o amor da minha vida da noite para o dia me deixa entusiasmada. Eu, que já quis dar a volta mundo, só quero ficar quieta, poder assistir aos meus seriados sem me preocupar com as contas pra pagar e não me sentir culpada por gostar de alguém e me entregar. Talvez eu não queira ser adulta. *Aliás, eu não posso ser adulta.* Eu não tenho condições emocionais e psicológicas para ser a adulta que esperam de mim.

Pelo menos finalmente é sexta-feira, estou voltando para casa e vou poder curtir minha fossa em paz com chocolate e vinho. Muito vinho, pra ser sincera. Parece que ser mulher implica em uma série de involuntários acontecimentos fatídicos, tais como: mirar o salto fino no buraco milimétrico da calçada que nos faz repensar sobre nossa posição política, ser flagrada por um conhecido justo no dia em que resolveu "sair de qualquer jeito porque seria bem rapidinho" (pior pensamento de toda a história da galáxia) e, claro, lidar com o maldito chá de sumiço...

— Oi, com licença! Você mora aqui? Pode me ajudar, por favor? — Uma mulher com cara de atriz hollywoodiana me aborda na entrada do meu prédio com um sorriso largo. Logo hoje que eu não estou nem um pouco a fim de socializar. Mas tudo bem. Deus está vendo.

— Sim, moro aqui. O que você precisa?

— Você conhece o Leonardo Narciso? Acho que ele mora aqui, mas não lembro em qual o apartamento...

— Hummm... Não, acho que não conheço ninguém com esse nome.

— Deixa eu te mostrar uma foto, talvez você reconheça. — Ela estende o celular à minha frente.

— Ah! Eu o conheço, sim. Acho que você deve ter se confundido, o nome dele é Dan Amaranto, mas ele não mora aqui. É o escritor, não é?

A mulher me olha dos pés à cabeça, desfaz o sorriso dos lábios, e eu sinto que a desapontei. Provavelmente é uma fã de seus livros e buscava um autógrafo.

— Então é você. — Seu tom de voz, dessa vez, é duro. — Eu sou Alicia, a noiva dele. Acho que temos muito pra conversar.

— No-noiva? Como assim?! O que está acontecendo?

Ai, meu Deus! Socorro! Isso é uma espécie de pegadinha? NÃO TEM GRAÇA!

— Bom, é isso que eu quero saber. Se não se importa, podemos ir ao café aqui na esquina. Não tenho muito tempo, então vou ser breve.

Pelo menos, se ela está me chamando para um café, descarto a possibilidade de que queira me matar. *Meu Deus, o que eu estou dizendo?! Não estou nem conseguindo raciocinar direito!*

— Sim, claro... Sem problemas. — Ao me ouvir em voz alta, soei como uma criança de castigo por ter sido mal-educada. Aliás, nesse momento eu me sinto exatamente como uma criança prestes a levar um sermão.

Alicia senta-se de frente para mim e ordena um chá verde à garçonete que nos aborda. Sabia que ela pediria algo assim. Não parece ser o tipo de mulher que toma cafeína ou açúcar ou qualquer coisa que não tenha sido indicada por um nutricionista. Eu peço uma água porque meu coração está tão acelerado que tenho medo do que pode acontecer se eu tomar um café.

— Então, quando começou? — ela vai direto a ponto, e eu engulo em seco. *Meu Deus, não acredito que isso está acontecendo!* Minhas pernas estão bambas e agradeço por estar sentada.

— Espera, eu não entendi por que você chamou o Dan de Leonardo. Tem certeza que falamos da mesma pessoa?

— Absoluta. Dan Amaranto é o pseudônimo que o Leo usa para assinar seus livros e manter sua privacidade. Ele tem pavor à fama.

Eu estou em choque! Ele mentiu sobre ser solteiro, mentiu seu próprio nome... Sobre o que mais ele pode ter mentido? À essa altura, confesso que considero uma pequena vitória ele ter dito a verdade sobre ter aversão à fama. Como eu não pensei nisso antes?! É claro que ele usaria um pseudônimo!

— Eu... Nós...

Cadê minha água, pelo amor de Deus? Minha boca está seca!

— Nós nos conhecemos há cerca de quatro meses, mas ele me disse que estava solteiro, tampouco mencionou que era noivo... — eu digo por fim.

— Entendo. — Ela me interrompe e sua expressão é indecifrável. — Bom, ao longo dos nove anos que estamos juntos, de fato, acabamos algumas vezes, mas sempre voltamos no dia seguinte. O Leo não colocaria tudo que construímos a perder, especialmente agora que faltam menos de três meses para nos casarmos.

TRÊS MESES?! COMO ASSIM? Ele praticamente está no altar, e eu consigo vê-los juntos dizendo "sim"... *Onde eu fui me meter?* Eu sou responsável por destruir um casamento, uma futura família?!

Mas, espera aí, será que eu posso acreditar nela? E se ela for sua ex apaixonada que me vê como uma ameaça e está tentando me assustar?

— Você não parece surpresa... — Que mulher descobre que o noivo está tendo um caso há meses e não esboça nenhuma reação de desespero?

— Eu já suspeitava que isso acontecia, mas nunca consegui provar. Até agora. — Ela me olha de novo de cima a baixo. Imagino que esteja se perguntando como ele pôde se interessar por alguém como eu (estatura mediana, corpo normal, nada de surpreendente) quando está noivo de alguém como ela (alta, postura ereta, pele de bumbum de bebê e o cabelo, meu Deus, parece de comercial de shampoo), eu também estou com essa dúvida. — Mas eu não vou desistir do meu relacionamento por sua causa. Você não vai atrapalhar nossos planos.

— Eu não tenho a intenção de atrapalhar os planos de ninguém! Eu não sabia. Se eu soubesse, eu nunca teria ficado com ele, eu...

— Ah, por favor. Não precisa de cena — ela fala em tom de desdém.

— Você não me conhece e não tem o direito de me acusar. — Sinto meu rosto queimar, não sei se de vergonha ou de raiva. — O que você quer de mim?

— Eu quero que você suma da nossa vida. Leo está te usando como válvula de escape, e eu entendo, pois vamos dar um grande passo. Mas logo ele vai se cansar de você e te descartar. Você não será lembrada nem sequer como personagem para seus livros. Mas nós dois vamos superar isso. Nós sempre superamos. Eu sou e sempre serei a protagonista dele. Você é só mais uma, querida. Você não passa de uma figurante nessa história. — Ela dá um gole em seu chá sem tirar os olhos de mim.

— Se ele estivesse feliz com você, não teria procurado o amor lá fora! — Nem eu sei de onde tirei coragem para dizer isso, mas ela estava me provocando.

— Amor?! — Ela ri com ar de deboche. — Você chama isso de amor? O que ele quer com você é sexo. Se você tivesse mais maturidade, saberia disso. Os homens são racionais, conseguem diferenciar amor de sexo. Não importa com quem ele fique, não importa o que ele faça o dia inteiro, é em mim que ele pensa antes de dormir. É a mim que ele procura para lhe apoiar. É comigo que ele quer casar e constituir uma família. Amor é isso. Você é, no máximo, sua despedida de solteiro.

Alicia é cruel. Suas palavras me doem tanto que sinto meu rosto arder, e percebo que estou prestes a chorar. Preciso acabar com essa conversa o quanto antes, mas tem uma coisa que eu não entendi...

— Como você sabia que era eu?

— Uma mulher não é desconfiada à toa. A intuição feminina alerta sobre o que os olhos não veem. Uma mulher nunca desconfia da mulher errada, querida.

Sua expressão continua neutra como se ela tivesse ensaiado para este momento.

Tenho a sensação de que o mundo a nossa volta está em câmera lenta enquanto nos encaramos.

— Ele já sabe? — pergunto.

— Ele que me contou de você. — Ela dá mais um gole em seu chá, olhando fixamente para mim.

Por que ele faria isso? Eu não entendo. Foi por isso que ele sumiu? Eu não sei o que pensar. Por que ela viria falar comigo, e não ele? Respiro fundo e tento manter a postura.

— Sabe, Alicia… Você desconfia dele, e não de mim. Talvez seja porque você não confia na sua própria capacidade de amar.

Eu me levanto e vou embora antes que ela possa me dar outra rasteira porque o nó que eu sinto na garganta está insuportável. Quero chorar, quero gritar, quero respirar e sinto que não consigo. *Como eu pude ser tão idiota?* Eu sabia. No fundo, eu sabia. Ele era bom demais pra ser verdade. Eu nunca tive sorte assim.

CAPÍTULO VIII

"A gente não manda no coração. Tem pessoas que invadem nosso peito e transformam a vida da gente em seu próprio lar."

@samanthasilvany

> *Uma mulher nunca faz uma pergunta à toa. Ela geralmente pergunta já sabendo a resposta, o que significa que ela apenas quer ver se você vai ter coragem de mentir na cara dela.*

ELE

Assim que Alicia me deu uma folga e voltou para a casa dela, eu desbloqueei Sofia, mas não disse nada porque ainda não sabia como puxar o assunto para que ela percebesse que eu não a ignorei na maldade. Preferi sumir para que ela pensasse que eu estava muito ocupado com meu trabalho ou enfrentando algum bloqueio criativo. Se eu falasse com ela estando muito preocupado com a sua reação, ela iria perceber que havia acontecido alguma coisa. Até que na madrugada da sexta-feira ela tomou a iniciativa de falar comigo e, à priori, eu vibrei com a oportunidade de esclarecer o que houve.

"Oi, sumido. Você tem algo para me falar?☺", ela me enviou.

> "Oi, meu amor! Que bom falar com você. Estou em uma correria imensa esses dias. A editora está pegando no meu pé para eu terminar mais um capítulo."

> "Entendo. Não tem mais nada acontecendo fora isso?"

Uma coisa que eu aprendi nesses meus 27 anos de vida é que uma mulher nunca faz uma pergunta à toa. Ela geralmente pergunta já sabendo a resposta, o que significa que ela apenas quer ver se você vai ter coragem de mentir na cara dela. Então, assim que eu vi essa mensagem, percebi que ela estava jogando verde.

> "Me perdoe pelo sumiço, eu precisava ficar um tempo sozinho para colocar a cabeça no lugar. Eu amo conversar com você, não me entenda mal, mas às vezes isso faz com que eu perca o foco do meu trabalho..."

Então ela me disse uma das poucas coisas capazes de deixar até o mais habilidoso escritor sem palavras.

> "Ah, tá, mas quando você pretendia me contar que está noivo? ☺"

A partir daí a conversa foi por ladeira abaixo. Por onde começar? Eu sabia que teria que lidar com isso cedo ou tarde, mas, francamente, preferia que fosse eu a dizer para ela, porque assim teria a chance de explicar o meu lado sem que ela já estivesse ofendida e confusa. Além do que, essa situação é delicada demais para ser discutida por mensagem. Ela merece mais do que isso. A última coisa que eu queria era magoá-la.

Então o jeito foi ligar pra ela. Se fosse pessoalmente, ela veria em meus olhos que eu fui absolutamente honesto. Aliás, desde que nos conhecemos eu fui completamente sincero quanto aos meus sentimentos. Ela mexeu comigo, eu não consegui tirá-la da cabeça. Eu não tenho culpa de ter sentimentos por outra pessoa enquanto estou comprometido. Ah, não. Isso não! Eu não escolhi complicar minha vida de propósito, ainda mais tão perto do meu casamento com Alicia. Simplesmente aconteceu. A gente não manda no coração. Tem pessoas que invadem nosso peito e transformam a vida da gente em seu próprio lar.

Antes de qualquer coisa, ela precisava saber que não a usei para o meu prazer em nenhum momento, como ela me acusou. Eu não sou esse tipo de cara. Se eu fosse o cafajeste que ela pensa, eu não teria me envolvido, eu estaria por cima da situação e não teria a menor consideração por ela. Mas eu sinto como se tivesse cometido um crime e fosse apedrejado em praça pública; um misto de angústia e vergonha. Eu sei que eu errei, sou homem o bastante para assumir isso, mas não foi por egoísmo, pelo contrário. Foi por ter me encantado com ela, foi por ter me deixado levar nos momentos em que estávamos juntos. Foi por causa *dela*.

Eu falei sério quando lhe disse que ela era muito especial para mim. Nenhuma outra mulher me despertou tanto interesse. Eu nunca teria traído a Alicia se não fosse por ela, tudo que eu mais queria era seguir o roteiro que planejamos há tanto tempo. Eu nunca tive dúvidas sobre casar com a Alicia até conhecer a Sofia. Portanto, a Sofia pode falar o que quiser de mim, menos que eu estava manipulando-a. Isso já é demais! Eu também fui vítima nessa história. Como eu poderia imaginar que a Alicia iria atrás dela?! Eu nem sequer sabia o que estava acontecendo! Como, então, eu poderia ter manipulado essa situação? Foi isso que eu disse a ela.

Se eu tivesse agido de má-fé, como a Alicia a fez acreditar, eu nem sequer me daria o trabalho de tentar me explicar.

Na verdade, eu me sentiria aliviado por não ter que confrontá-la, e não puto com Alicia por ter feito isso. Se ela fosse "só mais uma", eu não perderia uma hora do meu tempo tentando explicar o meu lado. Eu simplesmente não me importaria com a opinião dela, francamente. Mas, não. Eu não fiz isso. Eu não só me preocupei em como ela estava se sentindo como tentei lhe provar por A + B que eu não planejei nada disso. Eu não tinha a menor intenção de causar toda essa confusão. Se eu tivesse tido a oportunidade de falar para ela minha situação cara a cara, ela teria entendido e não teria me crucificado por ter omitido. Eu não queria que ela pensasse justamente o que ela pensa agora: que ela era minha distração. Francamente, na primeira vez que nós ficamos, sim, eu queria me distrair. Mas depois disso, não. Nenhuma das vezes em que eu fiquei com ela depois disso foi porque eu estava entediado em meu relacionamento ou coisa do tipo, foi porque eu realmente queria estar com ela. Mas Sofia está tão magoada (e com razão, porque a Alicia não tinha que ter ido confrontar a menina em sua própria casa. O que ela fez foi pura maldade) que não enxerga as coisas por esse ângulo.

— O que mais me decepcionou foi você ter mentido para mim sobre estar solteiro — ela disse para mim ao telefone.

— Eu não menti pra você. A primeira vez que nós ficamos eu realmente estava solteiro. Eu não sabia que a Alicia pediria para voltar, até porque foi ela quem terminou comigo. Nosso relacionamento ia de mal a pior, nós brigávamos o tempo inteiro e nos víamos praticamente duas vezes por mês. Houve meses em que eu vi mais você do que ela! Você acha mesmo que isso não significa nada?

— Eu acho que isso apenas significa que você mentiu para mim.

— Eu não menti, eu só omiti. Foi para te proteger. Eu não queria te magoar e nem que você pensasse que eu sou um canalha!

— Pra mim, mentir ou omitir dá no mesmo. E, de qualquer forma, você fez os dois: omitiu sobre ter reatado seu relacionamento e mentiu seu nome. Que tipo de pessoa mente o próprio nome? Eu não quero nem pensar sobre o que mais você mentiu! Como eu vou saber se o que vivemos foi real?

— Eu não menti meu nome para *você*. É o meu pseudônimo, eu já estou acostumado a ser chamado de Dan. Pra mim, tanto faz! Eu juro. Começou como uma brincadeira, não tem nada de mais. Eu esperava que quando eu te contasse, nós pudéssemos rir juntos disso. — Eu dei uma pausa para garantir que ela entendeu o que eu disse. — Sofia, tudo que vivemos foi real. Quando eu estava com você, eu não pensava em mais ninguém! Eu não conseguiria fingir minha felicidade de estar contigo.

Nesse momento, eu escutei sua respiração do outro lado da linha, mas ela não disse nada, porém se não desligou na minha cara é porque estava balançada.

— Dan... quero dizer, Leo. Sei lá. Já não sei mais como te chamar....

— Me chame de amor, como sempre me chamou. Eu te chamo de amor em segredo desde a primeira vez que conversamos, eu juro. Porque eu te reconheci. Eu sei quem você é, Sofia, e eu me senti em casa com você. Você sabe que temos uma conexão, você sabe que pode confiar em mim e você sabe que eu estou te dizendo a verdade. Escute seu coração, não seja racional sobre isso...

— Leo... — Ela respira fundo. — Há muitas mulheres que aceitariam ser a outra sabendo que você está noivo. Sério. Há muitas mulheres que não se importam. Mas você não me deu o direito de decidir se eu quero isso. Você não sabe o que é o melhor para mim! Não é justo!

— Você tem razão! Eu não sei, eu achei que sabia e errei com você. Fui egoísta porque não quis correr o risco de te perder. Principalmente quando percebi que te amava, admito.

Mas eu não vou desistir de tentar consertar as coisas, se você me amar. Eu não vou desistir de você nem de nós.

Silêncio.

— Sofia? Você ainda está aí?

— Você me fez te amar apenas para se distrair... — ela disse com a voz embargada, e eu senti meu coração se partir.

— Sofia, tudo que eu fiz foi por gostar demais de você, pode ter certeza. Sinto muito por ter te decepcionado, sinto muito por não ter te dito meu nome verdadeiro quando tive a chance. Sinto muito por você não ter descoberto minha situação por mim. Sinto muito, de verdade. Mas eu não vou me desculpar pelos meus sentimentos por você. Isso já é demais.

Silêncio novamente.

— Você não vai me dizer nada? — perguntei.

— Não tenho mais nada pra dizer... — Ela respirou fundo do outro lado da linha.

— Mas o que isso significa? Está tudo bem entre a gente?

— Eu não estou bem, Leo, não vou mentir. E eu sinceramente não sei como você está. Mas *a gente* não existe mais.

— Tudo bem. Eu vou te dar o espaço que você precisa para enxergar que eu não fui o vilão dessa história. Tudo que eu fiz foi por amor a você, isso eu te garanto, mas se você não acredita em mim, eu não posso fazer mais nada. Você é uma mulher incrível, capaz de fazer qualquer um feliz e o cara que ficar contigo vai ter muita sorte. Quem me dera ser eu.

Desde então, não nos falamos mais. Eu não quero pressioná-la, sei que essa decisão é somente dela e eu vou respeitá-la. Eu sei que, se ela parar para pensar direitinho, vai perceber que eu posso ter errado, mas foi com a melhor das intenções. Ninguém mais do que eu gostaria que as coisas fossem diferentes. Se a gente tivesse se conhecido em outro momento da vida, poderia ser ela com quem eu iria casar. Ninguém mais do que eu está interessado em resolver essa situação. Eu só quero o que seja melhor para ela. Mas eu não vou insistir. Ela precisa enxergar isso sozinha, porque senão ela nunca irá confiar em mim novamente. Então eu vou esperar até que ela me dê algum sinal, que diga alguma coisa, qualquer coisa, para que eu saiba que ela acreditou em mim. Sofia vai sentir minha falta, tenho certeza disso, vai perceber que deve seguir seu coração e vai me perdoar, porque tudo o que vivemos foi muito bom, verdadeiro e intenso para ser apagado por causa disso.

Por um lado, esse distanciamento foi bom porque eu tinha outro assunto para me preocupar: Alicia. Ela não me disse nem uma palavra. Talvez tenha pensado que conseguiu assustar a Sofia da minha vida com seu *approach* ameaçador. Talvez seu plano era fingir que não sabia de nada e esperar que Sofia se distanciasse de mim "naturalmente". Ela faz tudo de caso pensado. Confesso que eu também pensei em me fazer de desentendido e ficar quieto até que a minha situação com a Sofia estivesse completamente resolvida. Seria o mais conveniente para mim. Mas essa é mais uma prova de que eu não estou pensando só em mim. Eu não sou esse egoísta, eu não quero brincar com os sentimentos de ninguém. Portanto, eu precisava conversar com a Alicia, e saímos para jantar no domingo.

Alicia estava impecável. Há tempos não a via tão bonita. Aliás, ela é uma mulher bonita, mas é normal que depois de tanto tempo de relacionamento e intimidade as pessoas se tornem um pouco mais desleixadas, mesmo as mais vaidosas como ela. Mas nesse dia ela caprichou. Estava bem maquiada, com novo corte de cabelo e usava os saltos altos que eu lhe dei. Além disso, ela estava extremamente doce e gentil. Francamente, isso eu estranhei. Parecia que eu estava jantando com a Alicia que conheci quando éramos mais jovens. Uma mulher definitivamente encantadora e que sabia disso. Todos me invejavam por namorá-la, até mesmo o Mateus dizia que eu era um cara de sorte, e com razão.

Porém, esse clima de romance não durou muito. Logo eu tive que puxar o assunto, mas para minha surpresa, ela não reagiu de forma histérica nem exagerada. Ela disse que entendia que eu poderia estar confuso sobre o casamento e por isso fui buscar uma pessoa de fora. Ela se desculpou por ter me pressionado demais quanto a isso e disse que se sentiu muito influenciada pelas amigas que casavam depois de um ou dois anos de namoro, por isso uma parte sua não entendia por que nós havíamos demorado tanto para decidirmos casar. Ela disse que sabe que o que ela fez, de ir à casa da Sofia, foi errado, mas que não se arrepende porque ela faria o que fosse preciso para salvar nosso relacionamento. Disse que já havia me perdoado e estava disposta a deixar tudo para trás, se eu ainda a amasse.

Eu tenho certeza de que a amo, ela sempre será o grande amor da minha vida, mas as minhas dúvidas têm muito mais a ver com o que eu quero para a minha vida, e não com meus sentimentos por ela. Se amor fosse o bastante para fazer uma relação dar certo, nem sequer teríamos essa conversa. Se amor fosse o suficiente, as duas estariam felizes.

Eu nunca vi Alicia desse jeito. Ela foi tão honesta e ao mesmo tempo tão madura em lidar com essa situação. Eu sei que não foi nada fácil para ela descobrir que eu estava me relacionando com outra pessoa há um tempo, e ela poderia ter tido milhares de atitudes, inclusive, acabado com tudo entre nós sem sequer me dar a chance de me explicar e, mesmo assim, não o fez. Pelo contrário. Ela quis me ouvir, me entender. Admiro a forma como ela se posicionou. Eu me sinto péssimo por tê-la feito passar por isso. Francamente, eu devia mais consideração a ela, eu sei disso. Eu preferia ter contado a ela sobre a Sofia, especialmente para que ela soubesse que não foi a minha intenção enganar nenhuma das duas.

Pra ser honesto, eu não acho justo chamar o meu relacionamento com a Sofia de "caso" como a Alicia fez, porque isso me reduz a um traidor, a Sofia a uma mera amante e a Alicia a uma corna, o que não é verdade. O que aconteceu foi que eu me envolvi emocionalmente com outra pessoa quando estava mal resolvido com a Alicia. Pode ser que isso tenha acontecido porque ela quis terminar comigo. Pode ser que tenha acontecido por conta do desgaste do nosso relacionamento. Pode ser que tenha acontecido porque eu ainda não estou pronto para me casar. Eu não tenho todas as respostas, mas uma coisa eu sei com absoluta certeza: eu não sou o tipo de cara que faz isso para se divertir e bancar o "pegador". No fim das contas, eu sou o mais prejudicado porque, de uma forma ou de outra, eu vou sair ferido e, pior, ferir uma das duas. Ou as duas. Ninguém em sã consciência gostaria de estar no meu lugar. Nem se eu realmente quisesse, eu conseguiria sustentar o perfil do homem canalha porque eu prezo muito pela minha paz interior e me importo demais com as pessoas que eu amo. Eu não sou uma pessoa ruim, eu sou uma boa pessoa que às vezes faz coisas ruins porque não é perfeita. Desde quando isso é um crime? A verdade é que por mais que eu tenha errado, tudo o que eu fiz foi por amor. Meu problema é justamente este: eu prefiro pecar por amar demais do que por nunca tentar.

CAPÍTULO IX

"O amor pode vir de muitas formas, e não apenas como a gente idealiza. A gente tem que se permitir e saber receber afeto, porque na realidade não existe ninguém perfeito, mas uma pessoa disposta pode ser tudo que a gente sempre sonhou."

@samanthasilvany

> *É engraçado perceber que em todas as vezes que achamos entender exatamente o que está acontecendo, a vida parece bagunçar tudo outra vez, só para nos testar."*

ELA

A minha vida inteira eu ouvi que quando o amor é verdadeiro a gente deve lutar por ele. Como se a chance de acontecer fosse uma em um milhão e não pudéssemos deixar escapar. Mas o que significa lutar pelo amor, afinal? Significa que vale a pena fazer tudo e qualquer coisa pra estar com alguém que a gente ama? Qual é o limite? Ou será que não há um limite quando se trata de amor verdadeiro? Amor deveria nos trazer paz, e não nos fazer entrar em guerra uns com os outros, certo? Ou será que essa luta é contra nós mesmos; nossos princípios, nossas crenças, nossas verdades?

Quando eu tinha por volta de 18 anos, era praticamente a única do meu grupo de amigas que ainda não tinha namorado, e isso era usado constantemente contra mim para invalidar minha opinião sobre relacionamentos. Eu via minhas amigas disputando a atenção dos caras com outras mulheres e, até mesmo, umas com as outras, e não concordava, mas elas sempre davam a entender que o problema era comigo.

Nessa época aprendi que lutar por amor era sinônimo de competir. "Que vença a melhor" era o lema. Lei da selva, cada uma por si. O objetivo era tirar a outra mulher — ou as outras — da jogada, e não só fazer com que o sujeito se apaixonasse. As táticas para isso iam desde forçar amizade com a rival e apelar para o emocional para que, assim, ela desistisse da competição e tirasse seu time de campo, até declarar o confronto e se dedicar a desdenhar da oponente. Não bastava mostrar que você era a melhor escolha, tinha que expor o quão ruim a sua concorrente era.

Basicamente, todas as mulheres que eu conhecia poderiam ser divididas em dois grupos: as que são para namorar (conhecidas como santinhas) e as que não são (mais conhecidas como rodadas), porque haviam ficado com mais de uma pessoa do mesmo grupo de garotos ou porque haviam ficado com várias pessoas de grupos diferentes. Ou seja, as meninas do segundo grupo sempre estavam erradas porque as meninas do primeiro grupo acreditavam que elas eram o motivo de seus namorados traírem. Era uma rivalidade sem fim e não parava por aí.

Eu mesma já cheguei a acreditar que não existia amizade verdadeira entre mulheres porque eu vi, mais de uma vez, uma garota que se dizia melhor amiga de outra pegar o namorado dela. Ou o ex, o que dava no mesmo. A briga entre as duas se tornava tão intensa que, no fim das contas, o sujeito saía praticamente ileso. Eu não sei até que ponto elas concorriam entre si apenas porque gostavam do mesmo cara ou porque foram ensinadas a se odiar.

O que mais me impressiona sobre meu passado é que eu não enxergava a gravidade das acusações, da conduta agressiva e das crenças que protegiam os homens e nos colocavam umas contra as outras. O que eu ouvia é que era praticamente uma questão de estatística: havia mais mulheres do que homens, ou seja, alguém ia ficar pra titia, e quem tivesse um namorado para chamar de seu que tratasse de cuidar muito bem dele pra não perder. Eu cresci nessa realidade que incentiva a competitividade feminina e achava normal perder amizades ou criar inimizades por causa de homem. Ninguém queria sobrar e terminar sozinha.

Eu também já caí na besteira de me meter em uma situação em que eu achava que estava ajudando, porque fui contar pra uma amiga que vi o namorado dela em uma festa pegando outra, e saí como a vilã que queria destruir o relacionamento deles. "Sofia disse isso porque nunca namorou e tem inveja de você", foi o que ele disse para ela. Mas nada me surpreendeu e decepcionou tanto quanto o fato de ela ter acreditado nele e ter ficado contra mim. Ou talvez ela apenas tenha preferido ficar com ele e ignorar o que eu disse. Ou os dois. Foi quando eu aprendi que lutar por amor significava relevar quando alguém te ferisse, porque se estava ruim com ele, seria pior sem ele.

Diante de tudo isso, nem minhas próprias amigas confiavam em mim, porque diziam que eu não tinha nada a perder. Elas se sentiam ameaçadas porque, talvez, se elas estivessem em meu lugar teriam feito o que tinham medo que eu fizesse. Eu perdi várias amizades apenas por causa do ciúme que elas sentiam de mim com seus namorados, sem eu nunca ter dado motivo para tanto. O fato de eu estar solteira já era uma ameaça grande o bastante para que elas ficassem contra mim.

Depois do meu primeiro namorado, as coisas entre nós melhoraram consideravelmente porque eu finalmente fui aceita no grupo e convidada para os jantares e passeios entre casais. Eu vi como era estar do outro lado, na rodinha de amigas que julgam as solteiras e justificam a solteirice das outras em suas atitudes. Eu ouvia coisas do tipo: "Olha lá como ela se comporta, vive bêbada, dançando até o chão. Ela não se respeita. É por isso que nunca namora". E me doía imaginar que já tinham falado o mesmo de mim, mas eu queria tanto a aprovação do grupo que não batia de frente com esse pensamento. Eu era cúmplice.

Quando meu relacionamento estava indo de mal a pior, eu aprendi que lutar por amor era o mesmo que tentar convencer alguém de todas as formas possíveis de que você vale a pena. "Mas você vai desistir logo agora que ele te assumiu?", minhas amigas diziam, e eu pensava no trabalho que deu. Logo me conformava que era melhor insistir mais um pouco só pra não ter que passar por tudo aquilo de novo com outra pessoa. Porque, pra mim, só existia o caminho da dor para ter um relacionamento sério. Primeiro, a gente atravessa fortes tempestades para, só então, vir o arco-íris. Se não fosse com ele, seria com outro. Nem passava pela minha cabeça a possibilidade de não ser preciso enfrentar uma turbulência no início para colher a recompensa do amor, porque lutar por amor era a única guerra pela qual eu estava disposta a arriscar a minha própria felicidade.

Nessa época eu aprendi que existem amizades tão tóxicas quanto relacionamentos amorosos e que uma coisa influencia a outra. Eu me aproximei da Vanessa porque ela era a única de todas do grupo que não me incentivava a continuar com o namoro. Tínhamos longas e sinceras conversas sobre como nos sentíamos deslocadas e isso nos uniu cada vez mais. Vanessa nunca teve pressa para encontrar a pessoa certa, ela não ficava pensando em casamento, filhos etc., mas gostava de se relacionar. Estava solteira, mas nunca sozinha. As pessoas diziam que ela não tinha critério para homem, ficava com qualquer um que se interessasse por ela, mas ela não estava nem um pouco preocupada com o que pensavam dela. Vanessa simplesmente fazia o que tinha vontade, e eu admirava essa coragem e sua forte personalidade.

É engraçado perceber que em todas as vezes que achamos entender exatamente o que está acontecendo, a vida parece bagunçar tudo outra vez, só para nos testar. A gente nunca tem todas as respostas. Eu achei que não precisava me preocupar mais com essa luta pelo amor, que tinha sido uma fase e, agora mais madura, eu não me meteria nesse tipo de relação, e que se fosse para ser, tudo fluiria como um mar de rosas. Sério. Acho que superestimei meu potencial de tomar decisões erradas. *Dessa água eu não bebo mais*, no entanto, aqui estou me afogando porque, não vou mentir, a vontade de lutar por ele é grande. Muito grande. Um tanto, assim, difícil de explicar.

Uma coisa é certa: se a Alicia não se sentisse ameaçada por mim, ela não teria me procurado. O que quer dizer que eu tenho uma chance de verdade com ele. Eu posso mesmo fazer com que ele desista do casamento para ficar comigo, e é disso que ela tem medo. Ela veio até aqui para ver contra quem está concorrendo e me amedrontar com suas roupas caras, sua postura autoconfiante e todo esse papo de "nós sempre nos resolvemos". Se ela tivesse certeza disso, não teria vindo, verdade seja dita. Eu tenho uma chance com ele e ela sabe disso.

Eu posso estar sendo muito trouxa (nenhuma novidade), mas meu coração me diz que ele está me dizendo a verdade. Ele pode estar comprometido com ela, mas se apaixonou por mim. É possível. Isso já aconteceu com uma amiga, a Verônica, mas no caso dela, ela sabia desde o princípio que ele era casado, e nem por isso se intimidou. Ela me disse, na época, que o amor pode vir de muitas formas e não apenas como a gente idealiza, a gente tem que se permitir e saber receber afeto porque, na realidade, não existe ninguém perfeito, mas uma pessoa disposta pode ser tudo que a gente sempre sonhou. E eu não acreditei. Quero dizer, eu não acreditei que isso pudesse acontecer comigo. *Por que eu entraria nessa disputa? De difícil, já basta a vida*, eu pensava.

Verônica me dizia que também não se imaginava passando por isso quando era solteira, mas que bastou conhecer a pessoa certa e se apaixonar de verdade para entender que, na prática, a teoria é outra. Já eu, sempre que me envolvia com um cara e descobria que ele tinha outra pessoa, me afastava e entregava ele de mão beijada para a outra. Talvez eu fosse muito besta em fazer isso, mas sei lá, eu não sou mulher de dividir ninguém. Ou eu sou exclusividade na vida da pessoa ou não sou nada. Mas agora eu entendo tudo o que ela quis dizer. Talvez eu já tenha perdido a oportunidade de viver um amor verdadeiro com alguém porque achei (inconscientemente) que por haver outra pessoa, eu nunca fosse ser a escolhida. Talvez eu tenha boicotado a minha chance de ser feliz. Talvez Verônica tenha razão e valha a pena lutar quando é a pessoa certa.

O único problema é que eu não consigo perdoar, e muito menos esquecer que o Leo mentiu para mim. Se ele tivesse sido honesto desde o início, como o namorado da Verônica, talvez eu pudesse ter evitado que chegássemos até aqui. Ou talvez não. Talvez eu não conseguisse evitar me apaixonar porque ele é definitivamente o meu "eu nunca senti isso antes". Eu quis tanto que isso acontecesse, tanto que só eu sei. Eu desejei sentir esse amor com todo cara que me relacionei e, logo eu, que nunca quis ninguém tanto assim, fui querer justo ele, que não quer nada. Parece piada. Ou muito azar. Ou os dois. No momento em que eu conheço alguém do jeitinho que eu sempre quis, ele é o amor da vida de outra pessoa. Parece que a minha vez nunca vai chegar. Sério. O que eu fiz pra merecer isso?

O que me conforta é a possibilidade que realmente exista o "amor da sua vida" e o "amor para a sua vida", como Justin Bieber defendeu quando anunciou seu noivado com Hailey

Baldwin. Ninguém entendeu por que ele decidiu se casar com ela sendo que sempre namorou a Selena Gomez. Eu jurava que eles fossem terminar juntos, apesar de tantas idas e vindas, e fiquei cho-ca-da ao perceber que ele parecia mesmo ter seguido em frente com outra pessoa, e ele parecia mais feliz do que quando estava com a Selena (por incrível que pareça, ela também parecia estar muito mais feliz sem ele).

    As especulações sobre as diferenças entre um amor e outro eram que o "amor da sua vida" seria seu primeiro amor, alguém inesquecível que teve um papel fundamental na sua história, mas que não deu certo. Já o "amor para a sua vida" seria uma pessoa com quem você tem mais afinidade e que se encaixa em seus planos, e por isso você escolheu passar a vida com ela. Ou seja, Alicia pode ser o amor da vida do Leo porque foi seu primeiro amor, por terem um relacionamento muito longo e por ainda estarem noivos. Eu respeito isso. Faz parte da história do Leo, eu não posso fingir que não aconteceu. Eu tenho que aceitar que o lugar que ela ocupa na vida dele não pode ser substituído, por mais doloroso que seja amar uma pessoa e saber que ela já amou outra. Mas eu acho que se ele a visse como o "amor para sua vida", não teria se envolvido comigo. Talvez ele nem tivesse ficado comigo, mesmo que estivessem terminados quando a gente se conheceu. Simplesmente porque quando se está apaixonado por uma pessoa, só se tem olhos para ela, mesmo quando ela te decepciona. Então eu posso ser o "amor para a vida", a pessoa com quem ele se vê agora, com quem tem uma enorme conexão e compatibilidade de interesses.

    Provavelmente seus amigos e familiares ficariam chocados ao descobrir que o Leo está apaixonado por outra pessoa, mas logo perceberiam que ele pode ser muito mais feliz comigo do que seria com ela. Talvez ela também seja mais feliz sem ele, porque, até onde eu sei, eles estavam empurrando a relação com a barriga há muito tempo. Ou nunca tiveram coragem de sustentar o término ou nunca tinha aparecido alguém para incentivá-lo a agir.

No fundo, eu sei que corro o risco de quebrar a cara por acreditar que comigo vai ser diferente (não será a primeira nem a última vez, tenho certeza), mas eu nunca vou saber se eu não arriscar. E se eu perder mais uma oportunidade de viver o amor verdadeiro com medo de julgamentos? Ninguém sabe como eu me sinto melhor do que eu. Ninguém sabe o que ele me faz sentir. Se o amor vence tudo, talvez o que a gente precise seja unir nossas forças nessa batalha.

Em nossa última conversa, ele deixou claro que estava disposto a tentar, eu preciso dar o braço a torcer e admitir que eu também quero. Mas se eu ceder muito rápido, ele não vai me dar valor, vai pensar que sempre que fizer alguma merda bastará uma dúzia de palavras lindas para eu aceitá-lo de volta, e não é bem assim. Por isso eu quero ter essa conversa pessoalmente. Será nosso desfecho ou nosso recomeço. Eu duvido que ele tenha coragem de mentir olhando nos meus olhos.

CAPÍTULO X

"

Confiança é a base de todo relacionamento. É o que sustenta o amor e o que nos ensina a lidar com as dificuldades. Confiança é sinal de reciprocidade. Se você não confia na pessoa que diz amar, você dá motivos para que essa pessoa desconfie de você."

@samanthasilvany

> *A gente não escolhe por quem se apaixona.*

ELE

Encontrei com a Sofia ontem. Depois de alguns dias sem sequer receber notícias suas, tive um sobressalto com a sua mensagem para nos vermos. Apesar da confiança que eu tinha de que ela iria me procurar quando parasse para ouvir seu coração, confesso que uma parte de mim sentia um medo enorme de tê-la perdido para sempre. Foi um grande alívio ter a chance de conversarmos novamente, cara a cara. Só não foi tão fácil desdobrá-la quanto eu imaginava. Ela estava completamente na defensiva. De braços cruzados e lábios cerrados, ela queria demonstrar que não iria se render, mas suas pupilas dilatadas denunciavam a garota apaixonada que havia por trás daquele disfarce. Eu quis abraçá-la bem forte, pousar sua cabeça em meu peito e lhe dizer que estava tudo bem, que nada entre nós precisava mudar e que aquela era apenas uma fase ruim que nós iríamos superar, mas resisti. Tudo que eu podia dizer, eu já tinha dito. Tudo o que estava ao meu alcance, eu já havia feito. Agora só depende dela.

— Não vou negar que você mexe comigo, mas estamos olhando para direções diferentes. Você precisa se resolver, eu não quero me meter no meio disso. Eu quero estar com alguém que também queira estar comigo — ela disse.

— E você acha que eu não quero? Você acha que eu viria até aqui se eu não gostasse de você? — rebati.

— E do que adianta? Do que adianta você ter sentimentos por mim se você vai se casar com outra? O que eu faço com esse amor? Você só fala, fala e fala! Mas não é o suficiente. Você fala o que acha que eu quero ouvir. Mas eu não quero palavras bonitas. Eu quero atitudes bonitas, e isso você ainda não teve. — Ela me questionou com as sobrancelhas arqueadas.

— Sofia, é complicado... Eu não posso simplesmente ligar para ela agora e terminar tudo. Você acharia justo se fosse com você?

— Não assim, mas...

— Então! Eu sei que preciso me resolver com ela, mas tem que ser no momento certo. Entenda o meu lado também, por favor. É só isso que eu te peço. — Eu segurei suas mãos e me ajoelhei diante dela. — Eu sei que não tenho esse direito, eu sei que errei com você, mas se você me ama, por favor, tenha um pouco de paciência. Eu estou fazendo o melhor que posso para não te magoar!

— Tá bom, Leo, faz o que você quiser. — Ela respirou fundo e percebi que estava cansada de lutar contra si mesma. Ela parecia tão frágil. Eu faria qualquer coisa para não vê-la desse jeito.

— O que eu quero é ficar com você. — Eu me levantei e a abracei, senti suas batidas aceleradas contra meu peito. — Você pode até dizer que não quer ficar comigo, mas seu coração me diz o contrário. Vai ficar tudo bem, meu amor, confie em mim.

— Eu também... — ela disse, e eu senti seu corpo relaxar, então aproveitei e beijei a ponta do seu nariz, sua bochecha, seu queixo, sua testa... — Mas não dessa forma. — Ela se afastou e vestiu sua armadura novamente. Eu perdi a batalha, mas não a guerra.

— Até quando vamos ficar nesse joguinho? Estou um pouco velho pra isso...

— Você é quem decide. Eu também estou fazendo o melhor que posso.

— Sabe o que é engraçado? O que a Alicia sentiu foi muito pior, mas ela não me tratou como você me trata. Talvez o sentimento dela por mim seja mesmo verdadeiro. Eu sei de quem eu gosto mais, e definitivamente, sei quem gosta menos de mim — falei em tom de desabafo.

— Você é covarde, Leo. — Ela me atacou com as palavras. — Não é leal a ela e nem a mim. Você só quer arranjar uma maneira de se dar bem sem magoar as duas.

— De jeito nenhum! Eu sei que eu tenho um monte de defeitos, mas também tenho um bom coração. Você sabe disso. Você não vai encontrar outro cara que faça o que eu faço por ti — eu me defendi.

Ela me encarou por alguns segundos sem dizer nada, sei que sua mente e seu coração estavam lutando pela sua decisão.

— Eu não posso continuar desse jeito... — Ela respirou fundo. — Preciso ir. — Então me deu um beijo na bochecha e saiu marchando na direção oposta. Não fui atrás, se é espaço que ela quer, é espaço que vai ter.

Tivemos uma conversa totalmente diferente do que eu imaginava. Sinto que a perdi por um triz. Diferentemente da Alicia, que se mostrou disposta a deixar tudo para trás, Sofia parece que não vai esquecer o que aconteceu. Francamente, eu já não sei o que mais posso fazer. O que ela espera de mim, que eu termine com a Alicia da noite para dia, sem a menor consideração pelos nove anos que estivemos juntos, por nossas famílias que têm uma grande amizade e por nossos amigos que foram convidados para ser padrinhos de casamento? O que ela quer de mim? Que eu passe uma borracha em meu passado e finja que nunca existiu? Sinto muito decepcioná-la, mas eu não sei como fazer isso. Eu queria que fosse fácil como ela pensa, mas uma decisão como essa impacta na vida de várias pessoas, e não só na minha. Eu não posso agir pensando apenas no que for melhor para mim. Eu não sou esse tipo de cara.

    De uns tempos pra cá, comecei a me questionar como poderia ser minha vida se eu não tivesse seguido os rastros deixados pelo ~~maldito~~ Príncipe Encantado desde que me entendo por gente, se eu não estivesse em um relacionamento sério desde os 18 anos e se eu não estivesse com casamento marcado aos vinte e sete anos. Quem sabe se eu estivesse completamente livre e desimpedido as coisas entre mim e Sofia teriam tomado outro rumo ou apenas caminhariam mais devagar.

    Por outro lado, uma das histórias de amor mais famosas do mundo – se não for a mais – nasceu justamente de um romance proibido: Romeu e Julieta. A rivalidade das famílias que se odiavam e faziam de tudo para separar o casal foi o que ironicamente alimentou o amor entre os dois. Eu diria que tal comparação é um exagero, se eu não tivesse sentido os sintomas desse efeito na pele. O proibido é, de fato, mais gostoso, mais intenso e chama mais atenção. Toda vez que nos encontramos, eu vi aflorar novamente em meu peito emoções que eu não achava que pudesse sentir a essa altura da vida. Eu achava, francamente, que estava velho demais para uma paixão arrebatadora, mas foi quase como se eu me tornasse adolescente outra vez quando estava ao lado dela. Foi assim que eu perdi o controle.

    Outro fator que contribuiu para isso foi a famosa "carne nova". Não vou ser hipócrita em negar. Quando você está com a mesma pessoa por muitos anos, por mais linda que ela seja, perde a graça. Fato. Não tem comparação, o sexo com a Sofia é mais intenso do que com Alicia por ser uma novidade, sei disso. Mas, ainda por cima, também me faz perceber o que eu mais gosto sobre estar com a Alicia; a intimidade de conhecer cada milímetro do seu corpo. Tenho a sensação de que eu não saberia valorizar isso se não tivesse ficado com outra pessoa. Porque quando você só teve uma namorada, uma parte sua sempre vai se perguntar: devo casar com ela sem antes ter vivido outras experiências? E se eu for muito novo para isso? E se perdermos de vez a paixão, a magia, o tesão e cairmos na monotonia depois de um ano de casados? E se eu estiver desperdiçando toda a minha juventude preso a uma pessoa só? Claro que dúvidas como essas surgem com o tempo e, digo mais, talvez, se eu não tivesse me sentido pressionado a pedir a Alicia em casamento ano passado, eu não teria me questionado sobre como poderia ter certeza se ela é a pessoa certa para mim. Eu precisava de um parâmetro de comparação. Foi assim que tudo começou.

O real problema é que os bons momentos com a Alicia se tornaram cada vez mais raros, aumentando minha insegurança sobre o "para sempre" ao seu lado. Por outro lado, com a Alicia eu tenho um vínculo que basicamente moldou meu caráter, meus gostos e influenciou na maior parte das minhas escolhas. Nós já temos certa estabilidade.

Na minha opinião, diria que a Alicia tem muito mais motivos do que a Sofia para não me perdoar, mas ela reconsiderou o que aconteceu por conta de tudo que construímos juntos. Ela me ama apesar de todos meus defeitos, mesmo que eu já a tenha feito sofrer. Aliás, ela conhece meus erros melhor do que eu mesmo e, ainda assim, não desistiu de mim.

Francamente, isso me soa um pouco estranho, não vou mentir.

Sempre tive essa pulga atrás da orelha. Pra ser honesto, eu procuro não pensar sobre isso e acreditar de coração aberto nas suas intenções, mas sei lá, eu nunca vi uma mulher traída pelo noivo agir de forma tão passiva. Talvez ela tenha descontado sua raiva na Sofia, não sei. Mas eu não esperava uma atitude como a dela em relação a mim nem em um milhão de anos. Pode ser que ela ~~talvez tenha amadurecido~~ tenha mudado ou simplesmente está fingindo ser outra pessoa. Pode ser que o medo de pôr tudo a perder por conta do seu ciúme e sua insegurança a tenha feito rever seus conceitos.

Ou pode ser que ela tenha culpa no cartório.

Vamos aos fatos: nós já havíamos nos distanciado muito antes do meu envolvimento com a Sofia, apesar do quanto sua desconfiança piorou ultimamente. Esta é justamente a questão: por que ela sempre foi tão desconfiada?

Não é preciso ser um expert em psicologia para saber que o ser humano projeta seus próprios medos no outro. Alicia sempre foi um tanto controladora, mas não sei se me acostumei ou se nunca havia percebido o quanto isso afetava o nosso relacionamento. Porém, de uns tempos pra cá, esse comportamento se tornou praticamente obsessivo. Insano. A prova disso foi a forma como ela descobriu o endereço de Sofia e a naturalidade com que falou sobre. Confesso que fiquei um pouco assustado. Mesmo conhecendo-a há tantos anos, nunca passou pela minha cabeça que ela fosse capaz de vigiar meus passos através do "Buscar iPhone". Se eu tivesse sido um pouco mais esperto, teria usado uma senha diferente daquela que uso desde os meus 18 anos, ~~que obviamente, ela sabe de cor,~~ porém, novamente, como eu poderia imaginar? Pior que só Deus sabe há quanto tempo ela tem me seguido virtualmente. Ela não respeita minha privacidade, depois coloca a culpa em mim. Mas é por causa de atitudes como essa que a gente acabou se distanciando. Fato.

Se ela não confia em mim, como espera se casar comigo? Isso é o que eu não entendo. Ela diz que me ama, mas a confiança não é a maior prova de amor que existe? Para mim, confiança é a base de todo relacionamento. É o que sustenta o amor e o que nos ensina a lidar com as dificuldades. Confiança é sinal de reciprocidade. Se você não confia na pessoa que diz amar, você dá motivos para que essa pessoa desconfie de você. Contra fatos não há argumentos. Eu sei que um erro não justifica o outro, mas talvez esse seja o verdadeiro motivo de termos chegado até aqui. Não tenho como descartar essa possibilidade. Mas enquanto eu não tiver provas, não vou falar sobre isso com ninguém.

De qualquer forma, seria bom ouvir uma segunda opinião sobre o fracasso que se encontra minha vida amorosa nesse momento, então ligo para o Mateus. Depois de lhe contar toda minha situação, a primeira coisa que ele fez foi debochar.

— Quer dizer que a casa caiu para você? Não vou dizer que eu avisei.

— Tô perdido, cara. Tô perdido. Não ri, não, é sério.

— Foi mal, eu estou rindo, mas com respeito! Quem diria que você iria se apaixonar pela amante! — ele disse.

— Pra começar, se não fosse por você, nada disso teria acontecido...

— Agora a culpa é minha?

Ouvi sua risada abafada do outro lado da linha.

— Foi você quem me disse que ter uma amante poderia apimentar a relação.

— E não foi isso que aconteceu? Você quer mais estímulo do que isso?

Ele parecia estar se divertindo com minha desgraça.

— Pois é, mas você deve imaginar que a Alicia não deixaria isso barato. Ela me disse que, para que a gente se case, eu preciso cortar relações com a Sofia.

— Ah, mas é claro! O que você esperava? Não se pode ter tudo, meu parceiro.

— Mas não é simples como você pensa. Eu amo as duas, uma tem o que falta na outra.

— Cê vai propor um "trisal", então? — ele riu debochado outra vez.

— Seria um sonho, mas na realidade eu só queria chegar em um consenso...

— Cara, falando sério agora, você realmente acha que se seu relacionamento com a Alicia estivesse bem, você se apaixonaria por outra?

— A gente não escolhe por quem se apaixona.

— Ah, não, cara! Pra cima de mim? Não me vem com essa frase de para-choque de caminhão porque eu conheço sua lábia de escritor. A gente escolhe, sim. Sempre há um momento em que você decide se continua ou não, porque tem noção das consequências. Não se faça de burro, porque você não é. Se você quis, pode ser que você já não ame a Alicia como pensa. Pode ser que você esteja acostumado a amá-la.

Eu não tinha visto as coisas por esse lado até o Mateus mencionar, mas pode ser que Alicia tenha se acostumado a me amar, já que isso explica perfeitamente por que seu comportamento obsessivo não condiz com o que ela fala.

Só há um jeito de descobrir.

CAPÍTULO XI

"
Perdoar é diferente de aceitar de volta. Perdoar é necessário, é uma virtude. O perdão é aceitar o que aconteceu, mesmo que a gente só entenda lá na frente. Mas aceitar de volta, às vezes, é dar outra chance para a mesma pessoa te ferir."

@samanthasilvany

> *A primeira mentira nunca será a última.*"

ELA

— Então ele vai terminar com ela? — pergunta Vanessa enquanto se alonga, encostando as palmas das mãos no chão.

— Bom, ele disse que vai resolver a situação, pediu para eu ter paciência. Tá pronta?

Ela faz que sim com a cabeça e começamos a caminhar em passos rápidos, seguindo a trilha do Parc de la Ciutadella, um dos mais famosos parques de Barcelona. São mais de dezessete hectares com extensas áreas de jardins, monumentos, um lago enorme e um zoológico a céu aberto. É um dos nossos lugares preferidos para escapar do trânsito e do caos cidade, além de ter um pôr do sol espetacular. Vir aqui e estar em contato com a natureza sempre me ajuda a pôr a cabeça no lugar.

— Sim, mas resolver significa que ele vai terminar com ela ou não? — ela me questiona com a sobrancelha esquerda arqueada, e eu sei bem o que isso significa: ela tem alguma teoria mirabolante por trás.

— O que mais pode significar? Vai, desembucha!

Ela acelera o passo, e eu praticamente começo a correr atrás.

— Que ele vai se resolver com ela e ficar com as duas, ué. — Ela dá de ombros como se falasse a coisa mais óbvia do mundo.

— Você acha que ele seria capaz de fazer isso?

Agora estou ao seu lado tentando acompanhar seus passos e seu raciocínio.

— Amiga, ele já fez isso, né? Foi o que ele fez até você descobrir. Na verdade, até ela descobrir de você. Por que você acha que agora ele vai fazer diferente?

— Porque agora eu sei — retruco.

— Então você acha que com você vai ser diferente? Eu detesto ter que ser a pessoa a te dizer isso, mas, amiga, sinceramente, se você se envolve com um cara comprometido e, na melhor das hipóteses, ele termina com a noiva para ficar com você, há grandes chances de ele fazer o mesmo contigo e ficar com outra.

— Nem sempre. Não é você quem sempre diz que as pessoas mudam? Onde está a água?

— Tudo bem. — Ela me passa a garrafa de água e faz um gesto como se lavasse as mãos. — Você está por sua conta e risco.

Eu dou um longo gole e digo:

— Quando a gente ama uma pessoa, a gente tem que aprender a perdoá-la.

Vanessa segue firme, sem mudar seu ritmo ou sua opinião.

— Perdoar é diferente de aceitar de volta. Perdoar é necessário, é uma virtude. O perdão é aceitar o que aconteceu, mesmo que a gente só entenda lá na frente. Mas aceitar de volta, às vezes, é dar outra chance para a mesma pessoa te ferir.

— Mas você se lembra da Verônica? A gente apostava que seria um caso temporário e que logo ele a trocaria por outra, mas eles estão juntos até hoje!

— Eu que te pergunto: você se lembra da Verônica? Lembra tudo que ela passou para ficar com ele? Ela comeu o pão que o diabo amassou. Você acha que alguém vale tanto a pena assim? — Ela me olha por cima dos ombros, e eu desvio olhar.

— Você diz isso porque nunca se apaixonou — eu rebato.

Ela para de correr abruptamente e me encara.

— E você diz isso toda vez que se apaixona — ela diz em tom sério. — Mas pra mim é uma questão de amor-próprio.

— Acontece que eu já gostava dele antes de descobrir que ele tem outra pessoa.

— E de você, você não gosta?

Vanessa volta a correr sem esperar que eu recupere o fôlego.

— Gosto, sim. Mas, apesar de tudo, ele me faz feliz. Temos muitos momentos bons juntos! — eu grito, pois agora ela já está a uns cinco metros de distância de mim.

Ela se vira em minha direção e grita de volta:

— Entendo, mas ninguém deveria ter a responsabilidade de te fazer feliz, a não ser você, né?

Eu retomo a velocidade e tento alcançá-la.

— O meu problema é que eu tenho o dedo podre — eu digo quando novamente estou ao seu lado. — É impressionante como eu só me atraio por caras que não estão disponíveis. Sempre tem outra pessoa. Eu nunca sou exclusividade. Eu já estou cansada disso! Podemos descansar cinco minutinhos? Tô fora do ritmo...

— Claro, sem problemas. — Ela aponta para o banco de madeira em frente ao lago. — Você se ouviu dizer isso?

— O quê? — eu digo após tomar outro gole de água.

— Você não disse que se atrai pela pessoa, você se atrai pelo padrão que ela representa. Talvez você não admita nem para si mesma, mas busca pessoas que já têm outras pessoas. Você devia trabalhar isso na terapia ou talvez um banho de sal grosso te ajude. — Ela ri, mas logo volta ao tom sério da conversa. — O que me dói é ver você se machucando todas as vezes por isso e nunca aprender a lição.

— Mas eu não sabia que ele tinha noiva! Como eu posso ter escolhido passar por isso? Foi azar mesmo!

— Pois é, mas agora você sabe e você decidiu "lutar por ele". — Ela faz as aspas com os dedos e revira os olhos. — Realmente foi azar seu — ela diz irônica de novo. — Você se lembra da história da minha prima, a Lica?

— Que namora há não sei quantos anos? O que é que tem?

— Justamente. Menina, eles já terminaram e voltaram milhares de vezes, e ela sempre desconfiou que ele a traísse. Ele sempre sumia depois que eles brigavam, sabe? Bloqueava o número dela na sexta e desbloqueava na segunda pra pedir perdão. Toda vez ela jurava que não teria mais volta, falava os podres dele para Deus e o mundo, e eu sempre sentia as dores dela e ficava indignada com ele, mas no fim das contas, ela perdoava, eles voltavam a namorar e ela se enganava que ele ia mudar. Mas é claro que a história se repetia. Até eu, que não convivia com eles, perdi a paciência de tentar ajudá-la a sair dessa. Me fazia mal, sabe? Eu prefiro nem saber como eles estão hoje em dia, mas sei que estão com casamento marcado, porque já recebi o convite. Espero, de coração, que a relação tenha mudado.

Ela fala, dessa vez, assumindo um tom de tristeza.

— Ela enfiou na cabeça que eles eram o grande amor da vida um do outro e ninguém pode convencê-la do contrário, entende? Todo mundo percebe que eles têm uma relação tóxica, menos ela. Ela é a única que acredita que está lutando por amor.

— Poxa, que pena! Vocês eram muito próximas?

— Quando criança éramos como unha e carne, mas ela é um pouco mais velha do que eu, então na adolescência a nossa amizade mudou um pouco, mas ainda éramos próximas. Até que eles começaram a namorar, e ela sempre priorizava estar com ele do que comigo. Aliás, ela trocou todas as amizades por ele. Esse foi um dos motivos pelos quais nos afastamos até praticamente perdermos o contato... — Ela está pensativa, olhando em direção ao lago.

Agora eu entendo o medo da Vanessa de que eu também esteja trocando a amizade dela por um homem, mas eu nunca faria isso.

Eu passo o braço por cima do seu ombro e a abraço.

— Não se preocupe, eu não vou te trocar por ninguém.

— Você diz isso agora, mas o amor é cego... Daqui a pouco, nem vai lembrar que eu existo! — Ela faz drama.

— Deixa de ser boba! Essa situação da sua prima não tem nada a ver comigo.

— Na verdade, tem sim. Era nesse ponto que eu queria chegar. Primeiro que se você entrar em uma relação que já existe, pode acabar sobrando pra você. A corda sempre quebra para o lado mais fraco, minha mãe sempre dizia isso. Na minha opinião, se ele realmente quisesse terminar com a noiva, ele já teria feito, ele não iria esperar a água bater na bunda pra tomar uma decisão, entendeu? Segundo que você quer tanto que ele seja o cara certo pra você que não está enxergando quem ele é.

— Mas entre a gente envolve sentimento, é diferente. Se ele se apaixonou por mim é porque a relação deles já está desgastada e, talvez, não tenha mais volta.

— Tudo bem, se é o que você quer acreditar, quem sou eu pra dizer o contrário? — Ela dá de ombros.

— Pois é, eu só vou saber se tentar — digo com firmeza.

— Mas você já parou pra pensar em como a noiva dele se sente?

— Tenho certeza de que ela vai lutar por ele — eu rebato.

— É uma pena porque me parece que vocês duas estão sendo enganadas.

Torci a cara para não dar o braço a torcer sobre o quanto essa conversa me incomodava e mudei de assunto, mas o estrago já estava feito. Até então, eu não tinha pensado nenhuma vez sobre os sentimentos da Alicia, mas depois de conversar com a Vanessa não consegui mais ignorar o fato de que Alicia foi tão trouxa quanto eu.

Na minha cabeça, a imagem que eu havia formado dela era de uma típica vilã dos filmes de comédia romântica adolescente: uma garota bonita e popular que sempre teve tudo na vida, que nunca ouviu um "não", que gosta de se sentir desejada por todos os caras e compete com outras mulheres. Uma mulher que acredita que todos os homens querem estar com ela e que todas as mulheres querem ser como ela, com a autoestima lá em cima, como a Regina George do filme *Meninas malvadas*.

Tudo bem que nosso encontro foi bastante hostil, e ela me ofendeu de graça, mas, parando para pensar, a postura dela demonstra mais insegurança do que autoestima, afinal, ela veio a minha casa com a decisão tomada de perdoar ele. Talvez ela tenha ficado com medo de confrontá-lo e perdê-lo de vez, então achou que fosse melhor tentar me afastar dele para não correr esse risco. Ou seja, ela está disposta a fazer de tudo para ficar com ele.

Vanessa também me lembrou de que a gente viu a Verônica perder a cabeça, o sono e até algumas amizades para que o cara casado terminasse o relacionamento e lhe assumisse. É claro que quando Verônica conta a história, ela romantiza o que aconteceu. Talvez porque ela sinta culpa. Ou não queira admitir que foi muito mais difícil do que ela nos contava. Ou os dois. Mas toda história sempre tem dois lados, ou três, nesse caso. Como a ex-mulher do atual namorado da Verônica deve ter se sentido?

Meu Deus, eu nunca tinha pensado nisso! Provavelmente é próximo de como a Alicia se sente em relação a nós.

Eu não consigo nem imaginar o que é estar de casamento marcado com seu primeiro – e único – namorado desde o colégio e descobrir que ele está tendo um caso, e possivelmente está apaixonado por outra pessoa. Só vem uma palavra a minha mente agora: coitada! Digna de pena. *Eu estou com pena dela.* Eu detesto esse sentimento! Mas não sinto pena dela porque sou eu a garota por quem seu noivo se apaixonou e, teoricamente, eu estou por cima da situação. Não sei explicar o que estou sentindo agora. É como se, não sei... eu me sentisse mal por ela em vez de ficar feliz por mim. Mas como eu poderia me sentir feliz sabendo que enquanto eu rio outra mulher está chorando, e tudo por causa de um homem?

De repente, eu visualizo a Alicia como uma garota malvada que não se acha digna de ser amada e, em vez de conquistar o respeito das pessoas, prefere impor o medo. Porque é através desse disfarce de mulher forte e empoderada que ela esconde a garota frágil e solitária que existe dentro de si. Por isso ela prefere aceitar o relacionamento que ela tem, sabendo que foi traída e ainda vai ser (até porque ele deixou bem claro que quer ficar comigo, ainda que não tenha se resolvido com ela), porque é o que ela acha que merece.

Meu Deus, Alicia... Se eu estivesse fora dessa relação juro que seria sua amiga, porque eu acho que nesse momento você precisa mais de uma amiga do que de um namorado. Mas agora eu sinto uma culpa imensa por ter te causado tanta dor às vésperas do seu casamento. *Não foi minha intenção!* Eu queria que você pudesse ver como eu sou, e não como essa garota que "tenta roubar seu noivo". Eu sinto muito, e ainda nem sei o que sinto. Eu daria tudo para que as coisas fossem diferentes...

> "Ok, você tem razão. Estou pensando sobre como a Alicia se sente e me sinto péssima! ☹"

Envio uma mensagem para Vanessa.

> "Haha. Amiga, isso se chama empatia. Dói mesmo se colocar no lugar do outro, é por isso que muita gente evita, mas é como a gente aprende a ser responsável, porque todas as escolhas que fazemos têm consequências e, às vezes, essas consequências afetam outras pessoas..."

> "Mas e se a consequência de eu sentir empatia por outra mulher for deixar escapar a chance de ter um relacionamento?"

> "Então não era pra ser o seu relacionamento, ora! Há mais de sete bilhões de pessoas no mundo, oportunidades não vão faltar, te garanto. ☺"

> "Mas como eu vou saber se não é pra ser, se eu não tentar? Você também está sendo muito pessimista. Quem me dera se as coisas fossem simples assim. Preto no branco!"

> "Amiga, o que falta para você enxergar que ele não é o cara certo pra ti? Não adianta pedir sinais ao Universo e ignorar todos! A primeira mentira nunca será a última."

> "Pelo visto, de um jeito ou de outro, eu vou me lascar nessa história. Se eu ficar com ele, vou destruir o casamento – e a vida – de outra mulher. E só de pensar em fazer isso eu me sinto a pior pessoa do mundo! Se eu desistir dele, eu vou sofrer demais com a ausência. ☹ Basicamente, eu tenho que escolher entre a felicidade dela ou a minha."

"Sério que você chama isso de felicidade? Ter um relacionamento não é sinônimo de ser feliz. Um relacionamento que te completa nunca vai ser o suficiente porque o que você precisa é estar in-tei-ra! Cuidado com a carência, ela é traiçoeira!"

"Por que você diz isso? Não é carência. Eu o amo de verdade. Nunca passou pela minha cabeça lutar por qualquer outra pessoa, a não ser ele."

"Na minha humilde opinião, você luta por apego. Amor não é guerra, é entrega. Mas quem sou eu para saber, não é mesmo? ¯_("/)_/¯"

"Eu entendo o que você quer dizer, e se eu soubesse antes que ele era comprometido, eu não teria deixado chegar a esse ponto. Mas eu não posso mudar o que aconteceu. Infelizmente, a minha história de amor é, na verdade, um triângulo amoroso. O que eu posso fazer? ☺"

"Bom, você já sabe o que eu penso, mas só você pode mudar o fim dessa história. A decisão é sua."

"De qualquer forma, eu não sei nem por onde começar! Ele pediu para que a gente continuasse se falando, independentemente de qual seja minha escolha, disse que queria manter a amizade comigo..."

"Eles sempre querem, né? É só para ter a desculpa de continuar voltando para a sua vida quando lhes convém, vai por mim. Não é à toa que ainda sou amiga de todos meus ex. Vai que em um dia de carên-

"cia, e talvez um pouco de álcool, a gente se encontra, sabe? Hahaha"

"Eu confesso que se for pra desistir dele, eu prefiro me distanciar completamente, porque toda vez que ele fala comigo, meu coração me trai e dispara. ☹ Eu disse a ele que queria me afastar, mas ele é muito insistente e está sempre vindo atrás!"

"Amiga, ele só vem atrás porque você deixa a porta aberta! Enquanto você permitir, isso vai continuar. Se ele não sabe o que quer, decida você. É você quem está saindo no prejuízo. Por ele, ele fica com as duas. Se ele conseguiu manter o relacionamento com as duas escondido por meses, que dirá agora que uma já sabe da outra! Se vocês se organizarem direitinho, todo mundo transa! Hahaha"

"Ha-ha-ha. Muito engraçada. Eu tô falando sério, Vanessa. Eu não sei como fazer isso. Como diria o filósofo: a carne é fraca e o coração é vagabundo. Haha"

"Amiga, apaga o contato dele, bloqueia o número, sei lá! Faz qualquer coisa, mas para de falar com esse infeliz! Enquanto você não se distanciar, isso vai continuar te consumindo e, cedo ou tarde, você vai cair na lábia dele de novo. Mas a forma como ele te trata, te prioriza e te valoriza é mais importante do que o quanto você gosta dele, lembre-se disso. "

Como toda boa virginiana, Vanessa se acha a Dona da Razão, mas dessa vez, embora eu deteste admitir, ela realmente está certa. Eu neguei, eu tentei evitar, eu tentei fugir, mas a verdade é que algo dentro de mim já havia mudado, apesar do meu desejo de ficar com ele, de fazer a nossa relação funcionar e viver o meu conto de fadas. Apesar de tudo que eu sinto por ele, eu já não sou mais a mesma. Eu não consigo recuperar a inocência e o encantamento que eu tinha ao seu lado. Eu preciso me priorizar e dar um ponto final nessa história. Mas falar é fácil, difícil é conseguir...

CAPÍTULO XII

"O amor não tem garantias, verdade seja dita. A única forma de manter uma pessoa ao seu lado para o resto da vida é fazendo com que ela queira ficar."

@samanthasilvany

> *Hoje em dia, casamento não é mais meta nem obrigação. É o mais admirável ato de amor. Nós não somos obrigados a nos casar. Nos casamos quando conhecemos uma pessoa que realmente vale a pena e essa vontade se acende. Porque essa pessoa veio para somar, não para ser a nossa metade."*

ELE

Faltam exatamente quarenta dias para o casamento. Faltam seis semanas para o "sim" que mudará nossas vidas. De nós três. Sim, eu sei que a Alicia é a escolha certa para mim, é a nora que meus pais sonharam, temos planejado nosso futuro desde o colégio e já sobrevivemos a diversas turbulências juntos. Sim, estou ciente de todo dinheiro e esforço que foram investidos na cerimônia e que se fosse cancelada a essa altura perderíamos cada centavo. Sim, eu a amo, disso não tenho dúvidas. No entanto, devo admitir que já não sou mais apaixonado por ela.

Hoje em dia, casamento não é mais meta nem obrigação. É o mais admirável ato de amor. Nós não somos obrigados a nos casar. Nos casamos quando conhecemos uma pessoa que realmente vale a pena e essa vontade se acende. Porque essa pessoa veio para somar, não para ser a nossa metade. Porque é alguém com quem a gente gosta de conversar, mesmo quando todas as nossas histórias já foram ditas. Porque quando só nos sobrarem as rugas da lembrança, essa pessoa vai nos conhecer no antro do nosso silêncio. Porque quando a gente decide casar com alguém, a gente está casando com o pacote completo: o passado, os defeitos e a família inteira.

Porém há uma porção de coisas na vida a dois que são completamente ignoradas pela sociedade, talvez porque se nos dissessem toda a verdade, poucas pessoas teriam realmente coragem de encarar um compromisso. Fato.

Tenho pensado muito sobre isso, então fiz uma lista:

1. Amor não paga boletos.

Cada vez mais tenho percebido entre outros casais que quando o assunto é dinheiro, eles estremecem, se encolhem e logo aquelas frases clichês começam a vir à tona "quem quer, dá um jeito" blá-blá-blá. Mas a verdade nua e crua é que ignorar o peso que o dinheiro tem sobre a relação não o torna mais leve, pelo contrário. Acaba se tornando um assunto velado porque, geralmente, causa muitas brigas. Ou seja, a conclusão que eu cheguei ao longo desses anos em que deixamos de depender financeiramente dos nossos pais e passamos a ganhar nosso próprio dinheiro é de que é preciso ter um plano de vida compatível, um planejamento muito bem estruturado e, na minha opinião, experiência em administrar finanças, especialmente se pretendem dar o próximo passo de morar juntos, porque ninguém nunca na história da humanidade conseguiu pagar uma conta de luz com amor. Isso eu garanto.

2. Ciúme não é prova de amor.

Em algum momento alguém inventou que o ciúme era o perfume da relação e as pessoas passaram a reproduzir isso como se fosse uma verdade absoluta. Ciúme é um sentimento de posse. Mas todo mundo sente, e eu me incluo nisso, porém, a diferença está em como cada pessoa reage quando se sente enciumado. O ciúme não deve ser maior do que a confiança no outro.

3. DR dá preguiça.

Não tenho a menor paciência para discutir a relação porque isso, às vezes, agrava a situação. Se os ânimos estão exaltados, para que eu vou insistir no assunto? É muito mais inteligente esfriar a cabeça, organizar as ideias e só então conversar sobre, portanto, essa teoria de que "não se pode dormir brigado" é uma grande besteira. A questão não é dormir com raiva do outro, mas apenas esperar a poeira baixar para conversar civilizadamente por respeito ao outro.

4. Ninguém é perfeito.

Já está na hora de a sociedade admitir que, sim, existe um padrão de comportamento que todos os namorados são condicionados a seguir. ~~Como o Manual do Príncipe Encantado.~~ Desde os meus 18 anos, eu tenho tentado me encaixar, mas até hoje não sinto que cheguei perto de ser bom o bastante. Essa é a receita infalível para o fracasso. Com o casamento, a pressão aumenta, porque agora eu terei que ser o "marido perfeito", e eu juro que não sei nem por onde começar. Não me sinto pronto para tanto, mas será que alguém já se sentiu? Eis a questão.

5. Sexo *x* Rotina.

Outra coisa que ninguém confessa é que, às vezes, dá preguiça de transar por causa do trabalho, por causa do trânsito, por causa da idade, sei lá. Porque, às vezes, tudo que a gente quer é assistir ao futebol no sofá e tomar uma cerveja sem pensar em nada. Se eu me recuso, Alicia joga isso na minha cara na primeira oportunidade. Mas quando é o contrário e ela me diz que está com dor de cabeça, eu tenho que ficar caladinho para não parecer, mais uma vez, insensível. É por isso que tanta gente acaba pulando a cerca, pois a grama do vizinho sempre parece mais verde. Às vezes a gente só quer reacender a paixão e precisa de outros incentivos. Isso não é um crime.

O amor não tem garantias, verdade seja dita. A única forma de manter uma pessoa ao seu lado para o resto da vida é fazendo com que ela queira ficar. Alicia fez o oposto; me manteve à rédea curta para tentar me controlar. Ela sempre quis ser prioridade, não importa se por falta de opção ou por minha livre e espontânea vontade. Ela vigiava todos os meus passos 24 horas por dia, me cobrava atenção quando eu demorava a responder suas mensagens, reclamava quando eu queria sair sozinho com meus amigos, fazia drama quando eu não cedia aos seus caprichos, além de ter perseguido e confrontado a Sofia sem antes mesmo falar comigo. Eu tentei, juro que eu tentei ignorar os sinais porque eu sei que não fui nenhum santo durante nosso relacionamento, mas a semente da dúvida foi plantada na minha cabeça no momento em que percebi que ela nunca teve confiança em mim. Nunca.

Sofia não foi o pivô, foi apenas uma consequência. Deixamos tantas lacunas vazias entre nós que a Sofia despretensiosamente preencheu esse espaço sem esforço. Eu não tive culpa do que aconteceu. *Nós* tivemos.

Vou sair para tomar um café, apesar de ser um dia chuvoso em que Barcelona parece tão melancólica quanto meu próprio humor. Uma brisa serena envolve a manhã, me dando a sensação que até mesmo o clima pede calma, mas eu tenho pressa.

Para a minha sorte, alcanço todos os sinais verdes e não desacelero o passo, mas esqueci o guarda-chuva, tarde demais, estou me aproximando da padaria e meu casaco já está encharcado.

De todas as verdades inconvenientes sobre relacionamentos, talvez essa seja a mais intragável: ninguém realmente conhece ninguém. Não importa se vocês se conheceram há anos ou há dias, se você sabe todos os gostos e manias ou não sabe sequer qual a comida preferida do outro, as pessoas sempre podem dar um jeito de te decepcionar ou surpreender... *Crac!*

Um estardalhaço de vidros quebrando ressoa pela padaria e me traz de volta à realidade. Olho na direção do barulho e vejo um garçom pálido com o susto – será que é de vergonha ou porque terá que pagar pelas xícaras que foram ao chão? Ele está tentando conter os danos antes que alguém se machuque com os cacos. Logo atrás dele, eu vejo Alicia. De repente, tenho a impressão de que a música está muito alta, tão alta que não consigo ouvir mais nada além de *"Oh, but I don't wanna know; Who will take you home?; Who will take you home?; Who will take you home if I let you go?"* em meus pensamentos.

Estou paralisado, uma onda de calor percorre todo meu corpo, embora esteja com os pés ensopados e o cabelo úmido. Uma pontada fina me acerta em cheio, não no coração, mas na alma. Tão fundo que mal posso sentir minhas pernas.

Alicia está na padaria acompanhada. A três metros de mim, entre o balcão e o banheiro. Ela está na padaria. Acompanhada. A três metros de mim, sorri e toca com doçura no braço de outro homem. Ela toca porque tem intimidade com aquele homem. Ela tem intimidade com um homem que não sou eu. Na minha padaria, na *nossa* padaria. A três metros de mim, a cem metros da minha casa, da *nossa* casa. Alicia está acompanhada por um homem que não sou eu, esbanjando um brilho que nunca foi meu, uma risada leve tão diferente dos seus ensaiados sorrisos amarelos. Sua postura corporal indica que ela está confortável, relaxada. Ela parece estar bem melhor do que a última vez que nos vimos. Há quanto tempo será que isso tem acontecido? Ela ri e toca no ombro dele. Ela está flertando. Como eu pude ser tão idiota?

"Maybe we will meet; When we get older; Maybe we won't; So I won't say I love you if you don't" soa de maneira estridente, quase agressiva, me forçando a ouvir cada palavra. Maldita canção que parece zombar de mim. Maldito garçom que os serve e parece zombar de mim. Maldita padaria a cem metros da minha casa que também parece zombar de mim. Preciso dizer em voz alta para acreditar. Preciso dizer em voz alta pra me ouvir.

Eu estou na padaria a três metros dela. *Uh-uh-uh-hu-hu.*

Ela está com outro homem. Na nossa padaria. *Uh-uh-uh-hu-hu-hu.*

Eu não consigo tirar os olhos deles. *Uh-uh-uh-hu-hu-hu.*

Maldito Gavin James que não cala a boca. *Uh-uh-uh-hu--hu-hu-hu-hu.*

Vamos lá, cara, resista. Resista. Eu sei que é difícil, mas não entre no jogo dela.

Como você pôde fazer isso comigo, Alicia? Eu fiz tudo por você, te segui como um cachorrinho adestrado ao longo de anos, eu te dei os melhores anos da minha vida.

"So I won't say I love you if you don't." Agora percebo que Gavin James estava tentando me alertar. A música enfim para. Acho que entendi o sinal.

Alicia mexe no cabelo e cruza as pernas. Ela não percebeu nada do que aconteceu. Ela está focada. Definitivamente, está tentando seduzi-lo.

Ele acompanha o movimento das suas pernas com os olhos. Tarde demais. Ele não se controla, não é? Não pode ver um rabo de saia que fica todo excitado. *Você sabe, Alicia. Você sempre soube.* O papo entre eles parece sério, mas vejo que ela está se divertindo. Sobre o que estão conversando? Será que é sobre mim?

Consigo ver o maldito sorriso de canto de boca do canalha. Ela está tentando desestabilizá-lo, e ele está caindo. Está caindo como eu já caí. Quando ela perceber, ele estará perdido. Ela vai arrancar tudo e mais um pouco dele, assim como fez comigo. O homem se acha tão esperto, mas ela é a verdadeira vilã dessa história. Foi ele quem caiu nos encantos dela, o jogo virou.

Ela se debruça sobre a mesa com os braços cruzados fazendo os seios saltarem do vestido e ele não desvia o olhar. Ele também não vale nada. Alicia tem ele nas mãos, ela sabe como usá-lo. Os dois parecem ter uma boa dinâmica, a tensão sexual pode ser sentida até mesmo daqui de onde eu estou. Como ela pôde fazer isso comigo, cara? Isso é alguma vingança? Os dois se merecem, isso sim.

Eles pedem a conta, para o meu alívio; estou morrendo de vontade de ir ao banheiro. Imagino o que aconteceria se eu passasse pela sua mesa e os dois me vissem, que desculpa me dariam? Eu iria rir se usassem o nosso casamento como pretexto! Será realmente acharam que eu nunca fosse descobrir?

Ela se levanta e ele coloca a mão em suas costas, então, escorrega rapidamente até sua bunda e disfarça. Clássico. Ele não resiste, o canalha. Era a última chance de ele ter uma atitude decente.

Então, Alicia me nota. Ela finalmente me nota. Mas faz cerca de nove minutos que estou aqui parado. Ou talvez nove anos. Faz nove anos que eu estou aqui parado, olhando para ela, e quando me nota, eu percebo que nunca a vi assim.

Ele se levanta, derrubando o copo de café na mesa e pede desculpas a Alicia. Ele pediu desculpas por ter derrubado o copo de café na mesa e acidentalmente molhado a ponta do seu guardanapo que nem sequer havia sido tocado. E eu estou vendo tudo. Ele vem em minha direção com as mãos abanando, acho que temendo que eu comece uma briga ou lhe dê um soco. Mas não vou dar. *Eu não vou arrebentar sua cara por mais que você mereça, pode ficar tranquilo.*

— Olha, Leo... eu posso explicar. Não sabia que você estaria aqui... — ele diz, e seu olhar está trêmulo, suas sobrancelhas curvadas. *Conheço sua cara de coitadinho, conheço todos seus truques, seu canalha.*

Dou meia-volta em direção à porta sem dizer uma palavra, então Alicia me segura pelo braço. Ela me segura porque acha que deve, e não porque quer. Gesto provavelmente tirado de alguma comédia romântica que viria muito bem a calhar com essa manhã chuvosa. Ela é a Rainha do Drama, mas não vou cair nessa.

— Você já me segurou por nove anos, Alicia. Me deixe ir.

Sem tirar os olhos dos meus, ela solta meu braço e eu saio pela porta da padaria ignorando o histerismo da música em anunciar minha derrota. De novo, não. Ignorando os olhares dos conhecidos de esquina em expor minha vergonha. Cubro a cabeça com meu casaco. Ignorando a lembrança de mim mesmo paralisado de forma patética à porta da padaria. Mas não era da situação em si, não era do flagra que eu me envergonhava, era de nunca ter visto o óbvio.

Tenho vergonha de nunca ter sentido tamanha paixão pra justificar tanta loucura. Tenho vergonha dos anos que teci a fino trato em uma teia de mentiras. Tenho vergonha pelo peso do tempo que carreguei minha ignorância, meu comodismo e minha culpa. Tenho vergonha de estar, embora não queira admitir, aliviado por finalmente ter me decidido. Basta. Casamento cancelado. Motivo: flagrei minha noiva com meu melhor amigo.

CAPÍTULO XIII

"A gente tem que aprender a aceitar que não tem um manual de instruções para se dar bem no amor e que, às vezes, só nos resta respeitar a decisão do outro porque, a princípio pode até não parecer, esse é o caminho menos doloroso para superação."

@samanthasilvany

> *Por mais que a gente se esforce para fazer uma relação funcionar, se a outra pessoa não estiver tão disposta e interessada quanto a gente, não vai dar em nada."*

ELA

Esta noite eu encontrei o Instagram do Leo (foi bem fácil de achar usando seu nome verdadeiro) e caí na besteira de olhar todas as fotos, uma por uma. Eu sei que o meu coração é quem paga o preço pela minha curiosidade, mas não me arrependo. Eu precisava ver com meus próprios olhos o romance que havia imaginado sobre eles e, como era de se esperar, havia uma foto do noivado que ocorreu há cerca de um ano. Aparentemente fizeram um jantar íntimo para formalizar a união, e eles estavam no centro da foto, cercados pelos familiares e poucos amigos, sorrindo um para outro. Pareciam felizes, feitos um para o outro, o típico casal que a gente usa como referência para reconstruir a nossa própria fé no amor, sabe? O típico casal do qual a gente espera nada menos que o final feliz para continuarmos acreditando que seja possível passar vida inteira com uma só pessoa.

Fico me perguntando se as coisas começaram a dar errado depois de mim ou se eu fui apenas o estopim. Se eu fosse uma das amigas do casal presente na cerimônia, eu ficaria chocada em descobrir que houve uma traição. Se eu não fosse a garota com quem o Leo traiu a Alicia, eu não acreditaria que ele fosse capaz de fazer isso. Aposto que ninguém com a mínima crença no amor duvidaria do sentimento entre eles, mas sabendo toda a verdade, como não perder um pouco a esperança de que o amor verdadeiro existe?

O Instagram da Alicia também era público, para minha sorte (ou não), e eu vasculhei de cima a baixo. Não me orgulho disso, mas também não me arrependo. À medida que eu conhecia mais a ela, descobria mais sobre mim mesma.

A história de vida que Alicia conta através da sua timeline é de dar inveja a qualquer uma (detesto admitir isso). Ela parece ter a vida dos sonhos, já viajou para os quatro cantos do mundo, tem o namorado perfeito, que lhe mima com presentes e declarações em posts, e até seu cabelo é digno de capa de revista, não deve ter uma ponta dupla.

Eu me lembrei de todas as vezes em que já fiz isso, me comparei mentalmente com outras mulheres que julguei serem minhas concorrentes. *O que ela tem que eu não tenho?*, era o primeiro pensamento que me ocorria, porque acontecia muito de eu estar saindo com um cara e descobrir que ele estava saindo também com outra garota e, então, mesmo sem perceber, eu entrava nessa disputa.

Quando não, era ainda pior, o cara com quem eu estava saindo me dizia que não queria um relacionamento sério e eu, inocente, achava que tinha que respeitar o momento de vida dele porque ele talvez não estivesse pronto, mas aí, pouco tempo depois, o sujeito aparecia namorando outra. Sério. *Isso me dava ódio!*

A primeira coisa que eu fazia era tentar descobrir quem era a garota por quem ele me trocou porque, por algum motivo, eu me culpava por isso. Eu me culpava por uma pessoa não me querer como se eu tivesse feito algo de errado ou como se eu não fosse boa o bastante, especialmente se eu tivesse dado tudo de mim. A sensação que eu tinha era de que não era digna do amor porque nunca conseguia fazer as pessoas ficarem ao meu lado. Depois de alguns anos repetindo esse padrão e me sentindo a pessoa mais azarada do mundo (porque parecia que todo mundo encontrava a tampa da sua panela, menos eu), eu aprendi que não era minha obrigação fazer alguém permanecer. Se uma pessoa não quisesse, por livre e espontânea vontade, estar ao meu lado, eu não tinha que convencê-la disso, eu não tinha que provar que eu valia a pena. Se uma pessoa não pudesse me valorizar por quem eu sou, isso não significava que eu não era boa o suficiente. Ela apenas não era a pessoa certa para mim ou éramos incompatíveis. Ou os dois, quem sabe.

Às vezes não é culpa de ninguém, e dói aceitar isso. Por mais que a gente se esforce para fazer uma relação funcionar, se a outra pessoa não estiver tão disposta e interessada quanto a gente, não vai dar em nada. Vai ser como se a gente sequer tivesse feito o bastante, vai parecer uma grande perda de tempo e vai ser frustrante. Sério. Mas não tem como uma só pessoa ser responsável por fazer um relacionamento inteirinho dar certo. Aliás, uma relação se trata de reciprocidade.

Eis a lição mais dolorosa que eu aprendi: ninguém é obrigado a gostar da gente de volta. Algumas pessoas simplesmente não vão nos corresponder à altura do que estamos dispostos a dar. A gente tem que aprender a aceitar que não tem um manual de instruções para se dar bem no amor e que, às vezes, só nos resta respeitar a decisão do outro porque, a princípio pode até não parecer, esse é o caminho menos doloroso para superação. É muito difícil aceitarmos o "não" do outro porque isso, muitas vezes, fere a nossa vaidade. A gente, no fundo, quer insistir apenas para não se sentir rejeitado. Digo isso com propriedade.

Toda vez que levei um pé na bunda, eu me sentia menosprezada, mal-amada e injustiçada. Confesso que eu também ficava um tempo recalcada com a história, evitando tocar no assunto pra não sentir meu rosto queimar de humilhação e raiva. Mas, querendo ou não, eu tive que seguir em frente. Era isso ou acreditar que eu nunca seria feliz no amor. Só há essas duas opções. Mas eu acredito que mereço mais, apesar de tudo. Ou por causa de tudo, sei lá. Não importa o quanto eu me decepcione, eu tenho certeza de que não nasci para sofrer. Eu vou virar esse jogo em algum momento.

Também sei que nada é em vão e que se eu não tivesse passado por tudo isso, agora mesmo eu estaria competindo com a Alicia para ver quem fica com o Leo, afinal, foi isso que me ensinaram a fazer a vida inteira. Mas eu não quero ser o tipo de mulher que precisa rebaixar outra para se sentir bem, não quero ser uma mulher que passa por cima de outras para ficar com alguém e nem a mulher que precisa eliminar a concorrência para ser a eleita pelo sujeito.

É muito tentador ouvir histórias como a da Verônica e me deixar levar pelo sentimento de "mas teve um final feliz" para continuar insistindo, mas ela passou por muita coisa que eu não sei se faria o mesmo no lugar dela. Só de imaginar já me sinto cansada emocionalmente. Não porque eu não goste do Leo o suficiente, pelo contrário, eu o amo. Eu o amo tanto que se fosse qualquer outro cara, eu nem sequer cogitaria lutar pela relação. Eu nunca amei ninguém como eu amo o Leo, mas eu sinto que se eu priorizar estar com ele, eu vou deixar de ser uma prioridade para mim mesma. Eu vou acabar amando mais a ele do que a mim e eu sinto que isso...

Uma mensagem. Acabo de receber uma mensagem do dito-cujo! Parece que ele sente quando estou pensando nele e faz de propósito só para fazer meu coração palpitar.

"Sonhei contigo essa noite. Sinto tanto sua falta, Sofia. Mas não quero te incomodar, apenas precisava te dizer isso."

E agora? Como é que eu respondo isso?! Calma, Sofia. Mantenha a calma, não se precipite. Não diga que também sente a falta dele. Aliás, não diga nada. O ideal seria não responder. Não responder iria mostrar pra ele que eu não vou cair nesse papinho outra vez. Vou apagar e fingir que não vi.

Pronto. Apaguei.

Ufa, essa foi por pouco.

"Eu sei que disse que iria respeitar o seu espaço, e eu tô fazendo tudo que posso, te juro, mas eu não consegui te tirar da cabeça nenhum dia. Eu não consigo te esquecer nem em meus sonhos! Sabe, não é fácil para mim ter que reconhecer que eu gosto de você mais do que imaginava. Me desculpe se eu te deixei triste, me desculpe se eu machuquei seu coração. Me desculpe por não ser quem você gostaria que eu fosse, quem você merecia que eu fosse. Me desculpe por te amar do meu jeito e, muitas vezes, não ter demonstrado o quanto eu te amo. Sou eu quem não te mereço, sei disso, mas estou disposto a fazer tudo que for preciso para te reconquistar, para te provar que eu posso ser um homem melhor porque você me faz um homem melhor. É você. Não é paixão, não é coincidência nem destino. É você. Foi você desde o primeiro beijo que virou a minha vida de cabeça para baixo. É você quem tem me mudado desde que chegou. E se não for para ficar com você, eu não quero ficar com mais ninguém. Por favor, pense sobre o que você quer. Se você ainda me quiser, eu prometo que não vou mais te decepcionar."

Meu Deus, por essa eu não esperava! Termino de ler a mensagem do Leo com lágrimas nos olhos e leio mais umas dez vezes só pra ter certeza se entendi o que ele quis dizer. Ele terminou com ela pra ficar comigo ou eu estou entendendo errado? Logo agora que eu estava tendo algum avanço em relação a minha decisão de me afastar dele, aí ele faz isso. Isso é algum tipo de teste? Mais uma vez parece que ele sabe como eu estou me sentindo e sabe o que fazer para me ter em suas mãos de novo. Sério. Porque eu sei, eu sei que ele mentiu, que ele errou e que, por mais que ninguém tenha chegado tão perto de ser tudo que eu sempre quis como ele, o fato de ele ter me enganado sobrepõe suas qualidades, certo? Certo. *Eu sei disso tudo.* Não preciso de ninguém para abrir meus olhos, já consigo enxergar toda a situação. Então por que meu coração não entende isso logo de uma vez? Por que o Leo tem esse poder de me desestabilizar com uma mera mensagem? Por que eu não consigo odiá-lo por causa disso? Por que o que eu sinto por ele é tão forte que não me deixa sentir raiva? Por que meu coração é tão burro?!

 O pior é que eu não tenho como ignorar tudo que eu sei agora. Eu não tenho como fingir demência sobre tudo o que aconteceu, sobre tudo que eu já senti e sobre a outra pessoa envolvida. Aliás, eu não tenho como voltar a ser a mulher que eu era antes de tudo isso. Metade de mim ainda se sente a mesma Sofia sonhadora e esperançosa, que acredita que ele ainda pode ser o grande amor para a sua vida e que tem medo de estar perdendo a chance. Mas a outra metade está calejada. A outra metade cansou de ser metade e quer ficar inteira. A outra metade prefere ter paz do que ter uma relação de gato e rato. Antes de fazer as pazes com ele, eu preciso fazer as pazes comigo porque eu não vou conseguir viver nesse cabo de guerra interno.

 E se eu disser que sim, ficar com ele e nunca confiar nele de fato? Será que eu vou conseguir ser feliz em um relacionamento em que não me sinto segura? Será que a confiança se reconstrói com o tempo ou essa vai ser apenas uma maneira de dar murro em ponta de faca? Será que eu vou ser capaz de esquecer o que ele fez?

E se eu disser que não e sumir da vida dele? Será que eu vou conseguir confiar outra vez em alguém? Será que eu vou ser capaz de esquecê-lo? Será que eu vou amar alguém como eu o amo? Será que ele vale a pena assim? Será que uma relação que começou em cima de tantos erros pode dar certo?

Ainda tem outro fator: nossa história não é apenas de nós dois. Como será que Alicia está se sentindo agora? Ela com certeza deve me odiar, deve achar que eu o convenci a terminar.

Dou uma olhada no Instagram dele novamente e, para minha surpresa, não tem mais a foto do noivado! Não tem mais nenhum sinal dela em sua timeline. Ele tirou todas as fotos. Aliás, ele também deixou de segui-la! Pelo visto, eles não terminaram de uma forma amigável.

Ué, mas no Instagram dela nada mudou. Tem as fotos, as declarações, ela ainda o segue. Não entendi. Não deveria ser o contrário? Por que ele é quem terminou com raiva dela, se foi ele quem traiu? Que estranho. A não ser que ele esteja mentindo e eles ainda estão juntos. Mas por que ele deixaria de segui-la, então? Talvez ele tenha terminado e desejou se afastar, mas ela não aceitou bem e manteve tudo igual porque tem esperança de que eles voltem. Ou talvez ela esteja com vergonha de admitir publicamente que eles não estão mais juntos. Talvez seja muito cedo para isso.

Já ele não parece se importar em cortar esse vínculo. Mas, pensando bem, pra uma pessoa que não gosta de redes sociais se dar o trabalho de limpar qualquer vestígio da ex é porque algo muito sério aconteceu entre eles. Ainda mais se levarmos em conta que não é qualquer ex, mas a ex-noiva de um relacionamento de nove anos. Alguma coisa aconteceu, *tenho certeza*.

Será que tem algo a ver comigo?

CAPÍTULO XIV

"Ressignificar a importância das pessoas que conhecemos nos ajuda a perceber se realmente o que desejamos é o melhor para a gente."

@samanthasilvany

> *Decisões extremas, que têm o poder de mudar toda nossa vida, exigem medidas extremas. É preciso ter coragem para ambas."*

ELE

Eu fiz bem. Eu fiz certo. Nunca achei que fosse capaz de fazer isso, mas decisões extremas, que têm o poder de mudar toda nossa vida, exigem medidas extremas. É preciso ter coragem para ambas. Eu fiz o que eu tinha que fazer para ter certeza de que faria a melhor escolha, não só para mim, mas para todas as pessoas que, mesmo indiretamente, são afetadas pelo meu relacionamento com a Alicia.

Casamento não é brincadeira. Como eu poderia subir ao altar diante de toda minha família e amigos e dizer "sim" para um compromisso para o resto da minha vida se eu ainda tinha dúvidas sobre a pessoa com quem eu iria casar? Não por falta de amor, pelo contrário. Se eu não a amasse, eu nem sequer teria me dado ao trabalho. Se eu não a amasse, eu teria ficado com a Sofia sem pensar duas vezes nas consequências. Se eu não a amasse tanto, eu teria enxergado o que estava bem debaixo do meu nariz. Mas, não, eu estava cego. Cego por ela. Cego por amor a ela. Cego pela culpa que ela me fez sentir por ter errado quando, na verdade, ela era quem tentava esconder seus erros por trás dos meus.

Alicia já fez coisa pior do que me seguir, francamente. Muito pior. Alicia já mexeu no meu celular enquanto eu dormia e leu todas as minhas conversas até encontrar alguma coisa que pudesse usar contra mim, o que pra ela justificava o fato de ter invadido minha privacidade. Ela já foi até meu prédio às três horas da manhã apenas para ver se meu carro estava na garagem e eu não tinha saído. Eu vi tudo pela câmera de segurança no dia seguinte e tive que explicar para o porteiro que não era ladrão, era minha namorada paranoica. Quando ela tinha a cópia da chave do meu apartamento ~~que deveria ser usada para emergências~~, ela chegava lá sem me avisar para tentar me pegar no flagra fazendo alguma coisa errada. O cúmulo da desconfiança foi quando ela achou que eu tinha levado alguém ao apartamento porque havia duas toalhas penduradas no box do banheiro. Quando eu conto, ninguém acredita. Ela já me fez passar por várias situações constrangedoras na frente dos outros para se fazer de vítima. E eu aguentei tudo isso porque gostava muito dela, porque não via minha vida sem ela e porque eu acreditava que fosse uma fase ou imaturidade.

Eu acreditava, francamente, que quando a pedisse em casamento, ela fosse mudar porque essa era a prova que ela tanto queria de que ela era a mulher com quem eu gostaria de passar o resto da minha vida. Mas, não. Eu me enganei. Tivemos alguns meses de paz em que ficávamos fantasiando como seria nosso futuro quando morássemos juntos, mas logo ela voltou a surtar por atenção, por ciúme ou simplesmente por não ser capaz de aceitar que eu nunca vou ser perfeito. Eu sou um ser humano, e eu vou errar incontáveis vezes, mesmo que não seja a minha intenção.

Acontece que agora eu já cheguei ao meu limite. Foi ela quem me seguiu primeiro. Foi ela quem me pressionou a escolher entre ela ou Sofia. Foi ela quem tornou essa situação um completo caos ao tirar satisfação com a Sofia que, até então, não tinha nada a ver com ela e não precisava ter se machucado dessa forma. Foi ela quem me forçou a usar do seu próprio veneno e vigiar seus passos através do "Buscar iPhone". Foi por causa dela e de tudo que ela já me acusou que eu cheguei a esse ponto deplorável. Mas se eu não tivesse feito isso, continuaria sendo feito de otário por ela mesma. Veja só que ironia!

Francamente, o que ela fez eu não faria nem com meu pior inimigo, então eu esperava que ela ao menos viesse atrás de mim para se justificar, pedir desculpas, sei lá. Ela já fez um *auê* muito maior por muito menos. O que eu esperava dela era o mínimo de demonstração de arrependimento. Se ela fosse capaz de admitir que fez besteira, eu poderia até perdoá-la por consideração ao que tivemos, apenas para que pudéssemos terminar numa boa. Mas, não. Pelo contrário. Ela teve a cara de pau de vir até minha casa naquele mesmo dia para bater na tecla de que não tinha feito nada, que eu tinha entendido errado, que eles são só amigos. Mas quando eu lhe perguntei de onde veio essa amizade porque, pra mim, ela só falava mal dele e dizia que ele era uma péssima influência, ela disse que não queria que eu soubesse que eles conversavam porque sabia que eu ficaria com ciúme. Dá pra acreditar? Ela teve a pachorra de dizer que escondeu essa suposta amizade de mim para que eu não me magoasse. Santa Alicia! Ah, faça-me um favor! O que me mais me impressiona é a convicção que ela tem sobre suas próprias verdades. Ela está sempre certa e não aceita ser contrariada.

— Ah, Alicia, por favor. Se você estivesse pensando tanto em mim e me conhecesse tanto quanto você diz, pra começar, você nem sequer teria uma amizade com meu melhor amigo! Você ia gostar se eu tivesse amizade com suas amigas? Se eu ficasse de papinho com elas no WhatsApp? Se você me pegasse tomando café da manhã com qualquer uma delas, você iria gostar, hein? — eu disse.

— Leonardo, pelo amor de Deus, eu estava apenas conversando com ele! E você que transou com outra pessoa?! Aliás, fez muito pior, você manteve um caso com outra pessoa! — Ela apontou o dedo para mim.

— Você não devia estar preocupada porque eu transei com outra pessoa, e sim, porque eu amo outra pessoa — eu rebati.

— O que você quer dizer com isso? Que a culpa é minha?

— Alicia, se você não fosse tão louca, tão controladora e tão ciumenta as coisas não teriam chegado a esse ponto! Não se faça de inocente porque você não é!

— Como você tem coragem de me dizer isso? Você é cínico! Cí-ni-co! É isso o que você é! Não é a primeira vez que você me trai, admita. Ao menos, dessa vez, admita o que você fez! — ela disse com a voz embargada, prestes a começar a chorar.

Isso sempre acontece quando ela não tem argumentos e quer inverter o jogo a seu favor.

— Você nunca aprendeu a lição, Alicia! Você nunca aprendeu a confiar em mim! Se você tivesse acreditado na minha palavra, se você tivesse mudado e me dado a liberdade que eu preciso, eu nunca teria buscado uma válvula de escape. Você me sufoca! E você ainda me apunhalou pelas costas com o meu melhor amigo, o padrinho do nosso casamento! Põe a mão na consciência, Alicia. Você sabe que eu não sou o vilão dessa história.

— Eu não fiz nada, Leonardo. Você não tem nenhuma prova do que está dizendo... — Ela enxugou suas lágrimas de crocodilo.

— Eu vi, Alicia. Eu vi vocês dois. Essa é a prova.

— Você viu o que você queria ver! — ela gritou. — Você quer me culpar pelo erro que você cometeu!

— Todo homem na sua vida vai te trair, Alicia. A verdade é essa. Você só ficou comigo porque pelo menos eu te amo e você nunca vai achar alguém que te ame como eu.

— Tomara... — ela falou baixinho.

— Se você não ficar comigo, você vai ficar com quem? — eu disse, rindo dessa situação patética. — Você acha que o Mateus vai te aguentar? Ninguém vai, Alicia. Ninguém vai fazer por você o que eu já fiz.

— O problema, Leo, é que você é uma versão de alguém que eu já amei, mas eu não te reconheço mais...

— Então agora você sabe como eu me sinto. Por favor, vá embora da minha casa. Eu quero ficar sozinho. Eu tenho esse direito — eu falei, mirando a janela da sala, pois nem sequer conseguia olhar em sua cara.

Alicia caminhou em direção à saída em câmera lenta, provavelmente imaginando que eu deveria impedi-la, mas eu não me movi. Antes de fechar a porta atrás de si, ela disse:

— Você mente tão bem, Leo, que até você acredita.

A pergunta que não quer calar é: se eu minto tão bem quanto ela diz, por que eu não menti sobre ter uma amante? Teria sido muito mais fácil.

Mateus já me ligou mais de vinte vezes só nesses últimos dois dias desde que os flagrei na padaria, mas não atendi nem uma vez sequer. Pra ser honesto, não estou nem um pouco interessado em ouvir o que ele tem para dizer. Não há pedido de desculpas no mundo que amenize o estrago que ele causou. Eu ainda não sei como ele foi capaz de me trair com minha mulher, logo ele, que sempre acompanhou nossa relação tão de perto. Isso é tão baixo que me faltam palavras para expressar meus sentimentos pelos dois. Nunca passou pela minha cabeça que o Mateus faria isso comigo, fui duplamente atacado pelas costas.

Quando eu os vi juntos, tudo ficou tão claro que foi como se eu colocasse uma lente de contato pela primeira vez e experimentasse aquela sensação de nitidez indescritível. Existe prova maior do que essa? Eu vi a interação entre eles. Eu vi com meus próprios olhos, não foi ninguém que me contou. Passou um filme em minha cabeça, e eu me lembrei de todas as vezes em que vi os dois conversando com muita intimidade, trocando carinhos e mensagens. Como eu fui burro! Isso acontecia na minha cara, e eu não via maldade. Eu, diferentemente dela, confiava tanto nela que nem sequer cogitei a possibilidade de ela dar mole para o meu melhor amigo. Já o Mateus nunca me escondeu que ficava com mulheres comprometidas, mas fingiu muito bem que poderia ser a minha mulher. Todo aquele papo de que éramos como irmãos, de detestar fura-olho... *Argh!* Fico enojado só de lembrar. Isso é um nível de canalhice que ultrapassa todos os limites, até para ele que nunca valeu nada.

    Francamente, eu não duvido que ela tenha seduzido ele, porque ela sempre gostou de se sentir desejada por quem quer que fosse. Mas mesmo assim, ele não poderia ter cedido. Ele devia ter me contado na primeira oportunidade. Não é isso que irmãos fazem, ou eu quem estou errado em esperar esse tipo de consideração de um cara com quem tenho amizade há mais de dez anos? Não estou com a menor paciência para lidar com esses dois. Não me admiro nada se estiverem os dois juntos, um consolando o outro, para esquecer a culpa de ambas as traições.

    Pelo menos, o lado bom dessa história toda é que eu pude perceber o quanto a Sofia é importante para mim. Sofia nunca faria isso comigo. Ela nunca me deu motivos para desconfiar de sua conduta e do seu caráter, e sempre acreditou em mim. Ela mal me conhecia e me deu um voto de confiança, foi verdadeira desde o princípio. Ela é uma mulher tão incrível que, mesmo depois de tudo que ela descobriu através da Alicia, ela ainda me deu a chance de contar a minha versão da história. Ela, sim, merece o melhor de mim. Ela é a mulher para quem eu diria "sim". Sem dúvidas. Ela me passa segurança. Até mesmo por conta da forma como ela reagiu ao descobrir que eu tinha noiva, eu percebi que ela nunca seria capaz de se vingar, como Alicia fez. Além do que, se fosse o contrário e estivéssemos namorando, e Sofia percebesse que não me amava como pensava, ela preferiria terminar a me trair, tenho certeza. Eu preciso de uma mulher ao meu lado em que eu possa confiar de olhos fechados. Eu preciso *dela* ao meu lado.

Porém, eu tenho consciência de que não posso esperar que ela me receba de volta de braços abertos. Eu a magoei e, mesmo depois de deixar claro todo meu arrependimento, ela ainda está com receio. Por isso ainda não me respondeu. Não posso culpá-la. Eu falei o que estava em meu coração, o que eu sempre quis falar, mas não tinha coragem porque o meu medo de machucar a Alicia era maior. Eu estava reprimindo meus sentimentos pela Sofia porque não queria ver Alicia sofrer, mas agora pouco me importa, francamente. Vou pensar em mim, vou me priorizar e vou atrás de reconquistar a mulher que eu amo e que realmente vale a pena. Ressignificar a importância das pessoas que conhecemos nos ajuda a perceber se realmente o que desejamos é o melhor para a gente. Foi o que eu aprendi. Leve o tempo que for, eu vou esperar pela Sofia. Custe o que custar, eu vou pagar o preço.

CAPÍTULO XV

"

Se você ama uma pessoa apesar de todo mal que ela lhe fez, não duvide da sua capacidade de amar. Desconfie se a pessoa vale a pena."

@samanthasilvany

> *Pior do que perder alguém que você gosta é você se perder tentando fazer uma pessoa mudar ou amadurecer para que vocês possam dar certo."*

ELA

Oi. Espero que esteja tudo bem com você.

Reuni toda coragem que eu tenho para te escrever e confesso que quase desisti várias vezes, mas por incrível que pareça, eu pensei em você todos os dias desde que descobri a verdade e, pra mim, isso foi um sinal que não pude ignorar. Sinal de que nada vai voltar a ser como antes pra mim e acredito que nem pra você. Sinal de que eu precisava rever minhas crenças, sobretudo no amor. Sinal de que, querendo ou não, essa experiência me mudou e que, talvez, seja só o começo. Eu escolhi aprender, me perdoar e permitir que a pior situação que eu já vivi na vida me faça crescer. Mas eu ainda estou no processo, então também quero pedir perdão por ter te magoado, de coração. Eu te estendo minha mão, eu me coloco à

> sua disposição, caso você queira conversar ou perguntar qualquer coisa. Eu gostaria muito que essa história tivesse um final feliz para a gente e sei que podemos ajudar uma a outra.

Dizia a mensagem que enviei para Alicia pelo Instagram. Depois de refletir muito sobre tudo que aconteceu, a conclusão que eu cheguei é que precisava fazer por ela o que ninguém fez por mim, e não porque eu quero ser boazinha, mas porque eu percebi que ao ir contra a correnteza eu estaria libertando a mim mesma. Então, eu fiz isso também por mim. Afinal, o que se espera de uma mulher nessa situação é ficar contra a outra, é competir pela atenção e pelo amor do mesmo cara, é se responsabilizar pelos vacilos que ele deu. Isso é o que a sociedade considera "normal", mas se pararmos pra pensar bem, a gente apenas banalizou atitudes que desrespeitam a nós mesmas.

É claro que eu pensei em não me meter, me afastar e deixar que eles se resolvam, mas eu fui arrastada para essa relação, eu não tive escolha. Eu me tornei o pivô da separação deles. Alicia foi até a minha casa em vez de confrontá-lo, então eu já estou mais envolvida do que eu gostaria, não tenho pra onde correr. Portanto, também diz respeito a minha própria vida, mas não só isso: meus valores, meus princípios e meu caráter. Isso põe na balança tudo que eu sou e a mulher que eu estou me tornando, e eu sei que, para isso, eu preciso estar disposta a perder algumas pessoas, relacionamentos e até amizades que não se encaixem mais. Mas está tudo bem porque eu sei que valerá a pena. Desde que eu não perca minha paz interior, eu vou sair ganhando.

Como uma legítima canceriana, racionalizar sobre meus sentimentos é, de longe, o meu maior desafio, mas não tem outra forma de acabar com a esperança antes que ela acabe comigo. Eu preciso confiar na minha intuição, porque meu coração me prega peças o tempo inteiro.

Acontece que não basta ter sentimentos dos dois lados, é preciso ter preparo emocional para amar de uma forma saudável e, acredito que nem eu nem o Leo temos. Então a única coisa que eu tenho a perder nessa história é aquilo que eu gostaria que acontecesse.

O problema é que o meu "querer" foi o que me fez, na maioria das vezes, insistir em relações indignas. Eu quis tanto algumas pessoas, mas tanto, que deixei de me querer. Eu nunca consegui entender como, apesar de todo amor que eu sentia por elas, as pessoas sempre escolhiam ir, mas como eu podia esperar que elas me escolhessem se nem eu mesma fazia isso? Não adianta querer e amar o outro e achar que isso vai ser o suficiente quando estamos dispostos a abrir mão de nós mesmos. A forma como a gente se ama é a base do nosso relacionamento com o outro.

A verdade é que, cedo ou tarde, temos que saber diferenciar amor de apego, e é melhor que a gente aprenda isso pelo caminho do amor-próprio do que pela dor. Quero dizer, vai doer de um jeito ou de outro. Mas pior do que perder alguém que você gosta é você se perder tentando fazer uma pessoa mudar ou amadurecer para que vocês possam dar certo.

Então, de um lado eu tenho a dor de não ser exclusividade e, muito menos, prioridade na vida dele, da falta que ele faz com sua ausência, da carência que me manipula. Do outro lado eu tenho a dor do término, de ter que me desapegar do que eu esperava que acontecesse, de ter que esquecê-lo. Ou seja, a dor é inevitável, mas se eu escolher ficar com ele, eu não sei quando vai parar de doer. Não há hora certa para a pessoa errada. Eu posso desperdiçar anos da minha vida esperando que ele se torne digno de mim, seja porque ele pode mudar comigo ou porque eu vou me diminuir a ponto de caber na vida dele, e esse seria o pior erro que eu poderia cometer.

Eu acredito no sentimento entre mim e o Leo, acredito na verdade e na intensidade do que senti – e ainda sinto – por ele. Mas não acredito no relacionamento que tínhamos, nem que tenha começado pelas razões certas (especialmente por parte dele). Então, se eu aceitar o tipo de relação que ele está me oferecendo, pode até funcionar, mas sempre será nos termos dele, da forma que ele quiser. Ele vai me amar da forma que ele está disposto, e não da forma que eu mereço, e o pior de tudo é que eu posso acabar confundindo o que eu aceito com o que eu mereço. Nada me assusta mais do que dar a outra pessoa o poder de decidir o que é melhor pra mim.

Na "melhor" das hipóteses, eu assumiria um relacionamento com um cara que não teve consideração nem respeito pela ex-mulher. Um cara de caráter duvidoso, com o qual eu nunca me sentiria segura. Então, o melhor futuro possível para mim ao lado dele seria ter um relacionamento regado a desconfianças e medos. Porém, se eu me escolher em vez dele e decidir não me rebaixar ao nível de ter que disputar por seu amor e preferência com outra mulher, além do fato de que, querendo ou não, eu vou ser o motivo do fim de um casamento (mesmo que a culpa não seja minha), eu não vou sofrer pra sempre, vai passar. Um dia a mais, outro a menos, vai passar. Quanto antes eu tiver coragem de dar o primeiro passo para o fim dessa história, mais rápido vai passar. É uma dor que tem prazo de validade, sabe? Porque eu mereço mais do que isso, mais do que ele tem para me dar, mais do que migalhas de afeto. E se eu puder ajudar quem quer que seja a passar por isso, eu vou estender a mão sem pensar duas vezes. Especialmente se for outra mulher.

Se a gente não se unir, se não pudermos ter o apoio umas das outras, quem vai sair ganhando com isso são os homens, sempre. Não vai ser bom pra menina que manteve o relacionamento, apesar de ter sido traída, vai ser bom para o cara que traiu. Não vai ser vantagem pra garota que, depois de muito lutar, conseguiu ser assumida, vai ser vantagem para o cara que a enrolou pelo tempo que quis. Enquanto a gente, como mulher, fica perdendo tempo brigando por causa deles, eles continuam no controle da situação. Sério.

Se eu disser que a mensagem dele não mexeu comigo, eu vou estar mentindo. Mexeu demais. Passei noites em claro imaginando o melhor futuro possível pra nós dois. Eu li essa mensagem tantas vezes que já sei de cor. A cada palavra vinha flashes na minha cabeça dos nossos melhores momentos, da nossa conexão, de como eu me senti sortuda por tê-lo conhecido, de todas as vezes que agradeci em silêncio por estar ao seu lado e, só eu sei, o quanto doeu me lembrar disso, o quanto eu queria que fosse verdade. Confesso que se eu tivesse a chance de voltar pra esses momentos, eu voltaria nem que fosse por um minuto apenas para me sentir como a mulher mais feliz do mundo de novo. Porque foi bom, foi mágico e foi real. Pra mim foi real e é nisso que eu prefiro acreditar. Mas foi, e não é. Foi no passado. Agora eu sinto como se o encanto tivesse acabado. Ele não é quem eu pensava.

É engraçado perceber que os momentos que me deixavam com cara de boba e alimentavam meu amor por ele são os mesmos que maltratam meu coração e me angustiam, como se não me pertencessem mais. Como se ao trazer alguma lembrança à tona, eu visse a mim mesma com os olhos de um observador, e não como a protagonista da cena. Talvez eu tenha visto no Leo o que eu queria, e não quem ele era de verdade.

Dessa vez eu quero fazer diferente, ou pelo menos tentar. Se Alicia vai enxergar a minha verdadeira intenção, já é outra história. Torço para que ela não se deixe levar pelas primeiras impressões, para que ela não pense que eu tenho algum plano diabólico por trás e para que ela também queira se libertar dessa angústia de pensar que sempre haverá outra mulher no seu caminho. No fim das contas, não importa quem está solteira e quem está em um relacionamento, nós devemos ficar do mesmo lado. Foi ele quem nos enganou.

    Verifico as notificações do meu celular e... Alicia me respondeu! O que será que ela falou? Meu coração acelera, minha boca fica seca. De repente, fico com medo da reação dela. Lembro-me de como ela não mediu palavras para me ofender quando nos vimos e me arrependo de ter me colocado nessa situação. Pode ser que ela me odeie, me culpe por seu término, me xingue das piores maneiras. Respiro fundo. Isso é mais difícil do que eu pensava. Cruzo os dedos, torço para que minha intuição esteja certa e visualizo sua mensagem.

> Oi!
> Vou direto ao ponto: você tem razão. Nada vai voltar a ser como antes. Você é a prova viva de que meu casamento está arruinado antes mesmo de começar, embora não seja sua culpa. Eu queria que fosse, te juro. Seria mais fácil aceitar. Quando penso que o homem que eu conheci tão intimamente tem outra pessoa em sua vida, eu não o reconheço mais. Pensar em vocês juntos é esquecer de nós dois. Eu queria te culpar por isso, mas eu devia saber que ele estava me traindo. Provavelmente eu sabia. Cheguei a perguntar algumas vezes, mas ele sempre negava e eu preferia deixar pra lá. No fundo, eu não queria acreditar que isso estivesse acontecendo com a gente. Sempre acreditei que um amor de verdade pudesse superar todos os obstáculos. Sonhei em casar de véu e grinalda e senti que estávamos destinados a ficar juntos, e teria seguido acreditando nisso, se não fosse por você. Queria te culpar, mas acredito que tudo acontece por uma razão e há várias lições nis-

> so para nós três. Não me importa de quem é a culpa (embora, para o Leo, a culpa seja minha), e me parece que não sou capaz de odiar (embora ele mereça). De alguma forma, de verdade, eu sou grata. Seria muito pior se eu tivesse descoberto isso quando já estivéssemos casados. Sabe aquilo que você me disse sobre eu não confiar na minha própria capacidade de amar? Eu não esqueci e acho que você está certa. Sinto muito por ter te envolvido em uma história que eu deveria ter resolvido com ele. Ele é quem me devia respeito, você não me deve nada. E se quiser ficar com ele, pode ficar. O caminho está livre. Eu só quero ficar em paz.

A mensagem foi enviada há quinze minutos, mas ela não está mais on-line. Passa tanta coisa em minha cabeça que eu nem sei por onde começar. Parece que essa mensagem foi escrita por outra pessoa, e não a Alicia-disposta-a-fazer-tudo-para-salvar-seu-relacionamento que eu conheci. Não sinto crueldade em suas palavras, e sim dor. A Alicia arrogante e ácida foi derrotada e substituída por uma mulher com o coração em frangalhos e o único desejo de se sentir bem novamente, ainda que seja só.

Eu respondo.

> Somos mais parecidas do que você imagina. Acredito cegamente no "felizes para sempre". Acho que os filme de amor, as princesas da Disney e as músicas românticas acabaram deformando minha mente. Ou meu coração. Quem sabe, os dois. É bizarro pensar sobre a quantidade de homens que está disposto a enganar várias mulheres. Isso me entristece. Quando eu soube de você, a culpa também me

> remoeu por dias. Eu me senti errada, suja, pequena e, o pior, eu senti que merecia passar por isso, como um castigo pelo o que eu te fiz. Mas eu, honestamente, não fazia a menor ideia de que ele era noivo. Eu poderia ter lutado para ficar com ele porque eu já estava apaixonada? Sim. Se eu te disser que isso não passou pela minha cabeça, eu vou estar mentindo. Mas não é justo que eu e você tenhamos que pagar pelos erros que ele cometeu, sabe? Não é justo que a infidelidade dele faça com que a gente entre em uma competição para saber quem vence, quando ele é o único que sai ganhando. Eu não tive culpa. Nem você. Foi ele quem estragou o próprio noivado. E eu sinto muito por isso, de verdade. Você não merecia. Sobre o que eu lhe disse outro dia, me perdoe, de coração. Se você ama uma pessoa apesar de todo mal que ela lhe fez, não duvide da sua capacidade de amar. Desconfie se a pessoa vale a pena.

Aperto "enviar" e releio mais algumas vezes tentando me imaginar em seu lugar lendo esse desabafo. De repente, Alicia fica on-line e visualiza minha mensagem. Ela começa a digitar e meu coração dispara. *Mas como assim tão rápido?!*

"Você acredita que a pessoa certa existe?" — ela me pergunta.

> "Olha... já cheguei a acreditar que a pessoa certa fosse minha alma gêmea, alguém feito para mim, que me completasse nos defeitos e nas qualidades, mas como nunca a conheci, então talvez eu tenha me enganado..."

"Eu também. Eu achava que a pessoa certa era uma só, única. Alguém que gostasse das mesmas coisas que eu, que os planos fossem compatíveis com os meus, que fosse minha outra metade, mas percebi que isso é apenas afinidade. Não garante que o relacionamento dê certo. Já não sei mais se a pessoa certa realmente existe..."

"Pode ser que a gente tenha confundido a pessoa certa com a pessoa perfeita. Pode ser que a pessoa certa não seja quem a gente imaginou, mas alguém que nos valorize, respeite, esteja interessada em ficar com a gente... e disponível. Hehe."

"Talvez não existam pessoas certas e erradas... e todos que passam em nossa vida tenham uma 'função', apesar de a minha experiência ter sido com uma só. Talvez esse tenha sido meu erro: depositar toda minha esperança nessa pessoa. Mas acredito que nada é por acaso, mesmo que eu nem sempre consiga entender o porquê... Serviu para abrir meus olhos."

"É, pode ser que a gente não tenha apenas UMA pessoa certa, e só porque acabou não significa que tenha sido a pessoa errada, sabe? Sei lá, talvez a pessoa seja certa por um determinado momento ou propósito..."

"Talvez eu tenha perdido tempo demais insistindo que uma pessoa fosse a certa em vez de focar em mim, que sou minha única certeza..."

"É exatamente assim que eu me sinto... Mas, segundo a astrologia, todo mundo tem pelo menos três signos que formam pares perfeitos, então pode ser que a gente tenha escolhido justamente um dos nove signos errados. Não vamos perder a esperança! Haha."

"Então pode ser tudo culpa do meu signo. Haha. Eu sou escorpiana, o que isso diz sobre mim?"

Eu não esperava que a nossa conversa tivesse uma reviravolta dessas, mas depois de falarmos sobre signos (inclusive, os nossos são compatíveis), descobrimos outras coisas em comum (além de termos nos apaixonado pelo mesmo cara) e o papo se estendeu por algumas horas. Eu acho que a Alicia precisava desabafar com alguém sobre a sua situação e, logo eu, por incrível que pareça, era a única pessoa capaz de entender como ela se sentia. Para mim, foi muito bom também tirar esse peso das costas. Eu senti que finalmente havia me perdoado e estava livre de mágoas e ressentimentos.

Se o preço para que eu aprenda a me amar é perder o Leo, eu já venci.

CAPÍTULO XVI

"

Não faz falta perder alguém que não faz questão de permanecer."

@samanthasilvany

> *Você tem que se permitir conhecer alguém de verdade, sem tentar moldá-lo para te agradar, sem tentar mudá-lo para que possam dar certo e sem esperar que ele seja exatamente tudo que você sempre sonhou."*

ELE

Uma das coisas mais difíceis para um escritor é eleger o seu autor favorito ~~que não seja ele mesmo~~, porque para ser escritor é preciso ler tanto que é comum nos apaixonarmos por dezenas de obras. Eu tive muitas fases desde que comecei a escrever, permeei por mundos distintos reais e imaginários, precisei me perder para me encontrar como autor. Mas desde que conheci os poemas de caráter obsceno e escrita informal que retratavam a fascinante vida de Charles Bukowski, e descreviam seus porres e relacionamentos medíocres, eu senti que havia um lugar para mim nesse universo literário. Mais do que isso, eu senti que seus poemas falavam mais sobre mim do que eu mesmo seria capaz de escrever.

Hoje eu me lembrei de uma das minhas citações favoritas de Bukowski, que, mais uma vez, retrata com perfeição o momento que estou vivendo.

"não peça misericórdia
milagres;
não se esqueça:
o tempo existe é para ser desperdiçado,
o amor fracassa
e a morte é inútil."

O tempo existe é para ser desperdiçado; sou eu ao ver meu reflexo no espelho todas as manhãs, envelhecendo sem me dar conta porque estou sempre apressado, atrasado, tentando chegar a algum lugar que nem eu sei onde fica. Não sou mais um adolescente sonhador, sou um adulto conformado com boletos para pagar e prazos para cumprir, seguindo a árdua tarefa de sobreviver. Porque viver requer coragem, e eu confesso que fui, por muitos anos, um covarde. Um cara fadado a seguir o roteiro: estudar, trabalhar, namorar, casar, procriar e transar de vez em quando. Ainda por cima com a Síndrome do Príncipe Encantado, sempre tentando acertar, se encaixar, ser incluído em algo importante ou pelo menos significativo. Disposto a agradar a quem ama para receber de volta; a quem não gosta, por interesse; a quem tolera, por educação. Tornando-se dependente dessa troca para validar o seu próprio valor, mas que, no fundo, assim como qualquer outra pessoa, só está em busca de ser feliz e se sentir amado. Tanto tempo desperdiçado tentando não sair da linha, fazer tudo certinho, não magoar ninguém para, no fim, sair ferido.

O amor fracassa; sou eu cansado de lutar depois de tantos anos, tanta anulação, tanto desgosto. Tanto esforço para me tornar um perdedor. Encontrei o amor que eu sempre quis e joguei fora simplesmente porque não estava no meu roteiro. E *a morte é inútil;* viver infeliz é meu maior castigo.

A mulher da minha vida me traiu com meu melhor amigo, e a mulher para a minha vida não quer me ver nem pintado de ouro. Não sei o que é pior, francamente. Porém, eu sei que se Sofia tivesse me dado um bom motivo para odiá-la seria mais fácil esquecê-la, francamente. Mas ela não o fez. Depois de alguns dias, quando eu já havia perdido a esperança, ela respondeu a minha mensagem.

> Oi, Leo.
> Você deve ter imaginado que eu precisaria de um tempo para processar tudo o que houve.
> Você se lembra do dia em que nos conhecemos? Eu te vi de longe mesmo com o restaurante lotado. Eu queria chamar a sua atenção, mas tinha que ser sutil para que você não me achasse atirada, sabe? Por isso eu furei a sua vez na fila da lista de espera (sim, eu admito) e senti, logo de cara, o seu perfume forte que ficou impregnado naquela noite em meu vestido. Você pegou a isca imediatamente, porque é desses que sai pra balada à caça, à procura de alvos e estuda o território e, então, puxou assunto comigo. Você foi grosso porque sabia que isso iria me incomodar, e eu fui firme porque queria te desafiar.
> Senti uma pontada fina no peito e uma preocupação repentina de ver se ainda estava maquiada quando, finalmente, conseguimos uma mesa, mas antes que eu pudesse disfarçar e pegar o espelhinho em minha bolsa, você me ofereceu uma bebida. "Aqui está a sua." Você disse assim. Curto e direto. Achei uma tremenda audácia de sua parte agir desse jeito sem

antes perguntar meu nome. Eu quase virei o rosto e fui embora. Eu disse quase.

No entanto, eu fiquei naquela noite com você e foi ótimo. Ótimo de verdade. Nós conversamos sobre viagens, os restaurantes que gostávamos de ir, nossos sonhos e nossas profissões, sutilmente talhando a imagem de nós mesmos às expectativas que tínhamos de um relacionamento. Não me lembro por que o achei interessante, se da sua boca não saiu nada que eu já não tivesse ouvido algumas centenas de vezes de outros estranhos. Mas você sabe que, na verdade, a sua confiança em si mesmo era uma das coisas que eu mais admirava. Sem querer, dali em diante, não houve uma noite sequer que eu não quisesse estar com você.

Você lotava meu celular de mensagens de "bom dia, boa tarde, boa noite", enchia meus ouvidos com suas satisfações nos mínimos detalhes e minha cabeça com suas bobagens. E eu adorava. Sério. Você era aquele que preenchia as lacunas que eu requisitava desde a minha infância. Aquele que eu esperei por tanto tempo naquele mesmo lugar, noite após noite. E apegada a essa imagem tão bem esculpida de quem deveria ser o meu amor, eu me apaixonei por você. Eu acreditava que poderia viver meu conto de fadas contigo, mas você estava apenas jogando comigo.

Você queria ter o controle da relação e de mim. Pisava, alisava, mordia e assoprava. Você dava as regras, e eu de tanto te querer (ou de tanto querer alguém como você), me desdobrava pra me encaixar. Você queria que eu pensasse que o amor é complicado, que nossa história só caberia a nós dois e que gostava de mim o suficiente para que eu não quisesse te deixar. Mas a verdade é que você não gostava de mim o bastante para me assumir. Você colocava a culpa em sua ex (que não era ex), em seus pais, em seus amigos solteiros, e eu insistia mais um pouco ou apenas resistia à tentação de partir. Ou os dois, quem sabe.

Quando a verdade veio à tona, eu não pensei em desistir de você, mas de mim. Eu te perdoei, você sabe. Não foi fácil, mas foi preciso. Eu não estava disposta a viver tudo isso de novo com mais ninguém. Na verdade, ninguém me parecia valer tanto a pena assim. Tinha que ser você. Tinha que ser com você. Eu estava quase convencida a lutar por nosso amor. Eu disse quase.

No entanto, eu não consigo te aceitar de volta. Você é exatamente tudo que eu sempre quis, mas não é nem de longe quem eu mereço. Você fez de tudo para não me perder, mas não fez nem o mínimo para me valorizar. Há uma grande diferença entre uma pessoa emocionalmente indisponível que diz que gosta da gente e uma pessoa disposta que sabe que nos quer ao seu lado. Essa diferença se chama maturidade.

Um cara legal não é aquele que diz o que eu espero ouvir e promete que não vai me decepcionar. Legal é se importar com meus sentimentos. Legal é ser honesto. Legal é ter coragem de ser de verdade. Amor não se promete, se demonstra. Confiança não se impõe, se constrói. Consideração não se cobra, se reconhece. Uma atitude vale mais do que mil promessas.

Você fez tudo o que fez como uma forma de autodefesa, para se sentir seguro. Você achava que assim, calculando cada passo, estaria a salvo porque você tem medo de ser vulnerável, de se entregar e perder o controle dos seus próprios sentimentos. Mas é aí que você se engana, Leo. O que te põe em perigo é o seu medo de sofrer. O amor é o lado bom que faz com que tudo valha a pena. O amor é justamente o que pode te salvar. Ser vulnerável não é sinônimo de fraqueza, pelo contrário. O amor, quando transborda, só nos fortalece.

Hoje eu sei reconhecer a sua covardia disfarçada de afeto. Quem ama de verdade não complica, vem sem armaduras, desculpas ou manipulações. Quem ama não faz com que a gente se sinta insignificante. Quem ama não é egoísta. Eu quase acreditei em você porque eu também duvidava de mim. Eu disse quase. No entanto, quase-amor não enche. Quase-amor não é o bastante. Quase-amor é o que destrói a gente.

Eu ainda não deixei de amar você, mas estou aprendendo a te deixar ir.

Espero que você tenha aprendido com essa situação e que possa seguir com a sua vida em paz, assim como eu fiz.

Francamente, depois dessa mensagem, Sofia caiu no meu conceito. Nunca pensei que ela fosse tão orgulhosa e incapaz de reconhecer tudo que eu fiz por ela. Se não fosse por causa dela, nossa vida não estaria de cabeça para baixo. Mas, apesar disso, eu não consigo sentir raiva dela, portanto, eu tentei ser o mais honesto possível em minha resposta.

Oi, Sofia.
Antes de qualquer coisa, lamento muito que você tenha preferido acreditar na sua própria interpretação sobre o que aconteceu do que em mim. Muito do que você me acusou é coisa da sua cabeça, como,

> por exemplo, dizer que eu calculava meus passos e que fiz tudo para me proteger, quando tudo que eu fiz foi justamente por não poder controlar a forma como eu me sentia em relação a você. Nada disso teria acontecido se eu tivesse agido da forma como você falou, tenho certeza. Eu não esperava isso de você, que sempre fez questão de enfatizar o quanto se considera uma pessoa justa. Justiça foi tudo que você não fez a mim com seu julgamento. Talvez você não tenha se interessado por mim de verdade, mas por quem queria que eu fosse. Eu não sou perfeito e nunca vou ser, mas eu sempre tive as melhores das intenções com você. Em nenhum momento eu menti pra você porque eu realmente te amo. No fundo, você sabe disso.
>
> Eu sei que, embora você esteja tentando ser forte, eu mexo contigo e você se importa comigo, mas eu não vou ser o único a fazer questão de ficarmos juntos. Eu amei ter te conhecido e tudo que vivemos juntos. Nada vai apagar isso.
>
> Eu espero que com o tempo você possa enxergar o erro que cometeu e que não seja tarde demais para voltar atrás porque eu não me arrependo de nada. Eu faria tudo de novo por você.

Algumas horas depois, ela me respondeu.

> O que mais te dói, Leo, é perceber que pela primeira vez na sua vida o seu "bom coração" não foi capaz de sobrepor os seus defeitos. Você tem razão, você mexe comigo e eu ainda te amo, mas já não gosto mais de você...

Então, sem sequer me dar o direito de réplica, ela me bloqueou, provando que quando se sente contrariada suas atitudes são equivalentes às de uma garota de quinze anos. Patético, francamente.

Porém, eu sei que ela só fez isso para não cair em tentação, para não ceder a sua própria vontade de me escrever, de me ver, de ficar comigo. Porque se eu fosse indiferente para ela, ela não precisaria se armar de todas as formas para se proteger dos seus sentimentos por mim. Porque é isso que acontece. Não é de mim que ela quer se afastar, é de si mesma. Porque ela sabe que vai sentir minha falta, sabe que não vai encontrar tão cedo ~~ou talvez nunca~~ alguém com quem tenha a mesma conexão que temos e sabe que está abrindo mão do que pode ser o grande amor da sua vida por causa de uma crença moral, porque alguém lhe disse que é errado se envolver com uma pessoa comprometida. Mas eu sou a prova viva de que o amor não vê rótulos, obstáculos e nem limites. O amor simplesmente acontece. Não tem certo e errado.

Por isso, eu não me culpo. Eu sei os meus defeitos, mas eu também sei que o amor vence tudo. Se ela ainda não percebeu, vai descobrir cedo ou tarde, vai se arrepender de ter desistido de nós e vai voltar bem mansinha, querendo fazer as pazes e tentar outra vez. Eu sou o que elas chamam de "bom partido" e não existem muitos caras como eu por aí, francamente. Não faz falta perder alguém que não faz questão de permanecer, verdade seja dita. Quem perde é ela.

A questão é que eu também estou tentando ser forte, mas essa situação tem acabado comigo. Em toda minha vida, eu nunca fui tão injustiçado. Todo mundo merece uma segunda chance. Ninguém é perfeito. Todo mundo erra. Eu fui homem o bastante para assumir as consequências desde o princípio e fiz tudo quanto foi possível para não magoar nenhuma das duas, mas, no fim das contas, fui julgado como um pecador sem perdão, quando meu único crime foi amar demais e agir pela emoção.

Quando eu me dei conta de que agora estou definitivamente sozinho, eu percebi que esse seria o processo mais doloroso pelo qual já passei. Eu me senti imediatamente impotente. Eu não entendo como chegamos aqui, eu tenho milhares de perguntas que ainda não foram respondidas e nem sequer tenho o direito de ter um desfecho. Eu queria ligar para Sofia agora e exigir o final da mensagem, porque eu notei que ela não usou um ponto final, usou reticências, então ela tinha muito mais para me dizer, mas eu não posso. Eu queria ligar para Alicia e perguntar "por que você fez isso comigo?", mas nada do que ela diga vai amenizar a forma como eu me sinto: fracassado. Então, do que adianta? No final, estou de mãos atadas, fui condenado a morrer de amor.

Sabe o que é engraçado? O maior desafio dos casais modernos ainda é o mesmo de tempos atrás: a idealização do parceiro. Quando elas vão entender que esse tal de Príncipe Encantado não existe? O problema está justamente na exigência que elas impõem de comportamento, gosto, estilo, profissão etc. As mulheres buscam um cara que se encaixe em sua listinha de pré-requisitos ~~ou que elas possam mudar até se encaixar~~, que as amem como elas esperam ser amadas e que nunca pise na bola. Elas não estão preocupadas em como o cara se sente, com as suas intenções ou com seus aprendizados. Elas procuram alguém apenas para preencher a vaga de par perfeito inspirada em romances surreais.

As mulheres enchem a boca pra dizer que "todo homem é canalha", mas são incapazes de olhar para o próprio umbigo e reconhecer que não é porque uma pessoa não agiu como se esperava que ela é uma má pessoa. Sabe do que elas se esquecem? Homens também choram, sentem o friozinho na barriga antes de um encontro e sofrem com desilusões amorosas. Homens também são feitos de carne, osso e coração que, assim como qualquer outro, pode ser humilhado e quebrado.

Na vida real, para que o amor possa permanecer é preciso se libertar de pré-conceitos, críticas excessivas e expectativas inalcançáveis. Você tem que se permitir conhecer alguém de verdade, sem tentar moldá-lo para te agradar, sem tentar mudá-lo para que possam dar certo e sem esperar que ele seja exatamente tudo que você sempre sonhou. Simplesmente porque ninguém nunca vai chegar à altura de alguém do jeitinho que a outra pessoa idealizou. Fato.

É uma pena que elas não saibam reconhecer a verdadeira intenção por trás das minhas atitudes. Não tem sensação pior do que fazer tudo por amor e, no fim das contas, ter seus próprios sentimentos usados contra você. No entanto, eu estou com a consciência tranquila de que eu fiz minha parte e exigir consideração e respeito está fora do meu alcance. *Não peço misericórdia nem milagres.*

CAPÍTULO XVII

"Chamar uma mulher de louca e dizer que tudo que ela sente é paranoia é uma forma de fazer com que ela se cale e aceite os termos de uma relação que pode ser, muitas vezes, indigna."

@samanthasilvany

> *Se uma pessoa faz com que a gente sinta que é difícil de ser amado é um sinal de que essa pessoa não é a certa para nós. Ela claramente não tem a capacidade de nos amar como merecemos."*

ELA

Minha intuição nunca me deixou na mão. Já me deixou por um fio, com aquele aperto no peito e a vontade de parar o tempo. Já me deixou com os olhos marejados e o desejo de voltar atrás. Já me ensinou a enfrentar meus medos, inclusive o maior deles: me entregar e não ser correspondida. Já me deixou no chão em posição fetal, vítima da minha própria expectativa. Já me fez dormir sorrindo. Já me fez chorar de gratidão. Já me fez fantasiar com outros desfechos. Mas nunca me deixou na mão.

Por causa disso, notei que havia algo de estranho na mensagem que o Leo me enviou, na forma como se declarou mudado da noite para o dia, o discurso que vinha reproduzindo desde que o coloquei contra a parede e em toda sua movimentação nas redes sociais ultimamente, e isso me incomodou. A princípio, achei que fosse paranoia e tentei me convencer a deixar pra lá, mas essa sensação continuou martelando no meu coração dia após dia.

    Não tive coragem de contar nem pra Vanessa que eu e ele nos falamos por mensagem várias vezes depois do nosso último encontro cara a cara. Mas nem sempre estávamos falando de nós dois. Ele insistia em manter o contato comigo como se fôssemos amigos, e entre uma conversa e outra soltava alguma piadinha ou indireta que denunciavam sua verdadeira intenção. Eu sabia que isso fazia parte do seu jogo para que eu não o esquecesse, para que o sentimento não esfriasse, para que eu continuasse a ter esperança de que ficaríamos juntos cedo ou tarde, mas mesmo assim, eu não conseguia evitar me envolver.

    Pra ser sincera, eu não queria evitar, *eu queria acreditar nele*. Ele sabia exatamente onde me doía, e eu, não sei por que, acreditava que ele também saberia como me curar. Eu sabia que tentar me afastar não seria o bastante porque ele sempre encontraria uma forma (ou uma desculpa) para voltar, então eu dizia pra mim mesma que não podia fazer nada. No fundo, eu queria que ele tivesse consciência de que não se deve brincar com os sentimentos dos outros, não se deve dizer tantas coisas lindas quando você não tem nenhuma atitude condizente. Ou seja, em outras palavras, eu queria que ele deixasse de vir atrás porque isso me fazia muito mal por mais que eu não admitisse, afinal, eu queria que fosse verdade tudo que ele me dizia, mas eu não era capaz de perceber que eu quem deveria sair dessa situação, e não ele quem deveria mudar.

    Seria incrível se ele realmente tivesse noção de como suas atitudes, seu comportamento e suas promessas me afetavam e decidisse parar, seguir com sua vida e deixar que eu pudesse esquecê-lo. Porque isso seria uma verdadeira prova de amor para mim. Seria uma prova de que ele se preocupa com meus sentimentos, com meu bem-estar e como quer me ver feliz, independentemente de estarmos juntos. Seria a prova de que esse tempo todo ele falou a verdade sobre me amar. Mas, sinceramente, ele me ama ao seu lado, nada mais que isso. O amor que ele diz sentir por mim é de posse, é vaidade. Ele não me ama a ponto de querer o melhor pra mim, ele me ama a ponto de fazer com que eu queira estar ao seu lado. Seu amor por mim é egoísta, é baseado na forma como ele quer ser amado e nos limites que ele impõe. Tudo que ele fez foi apenas para me convencer a ficar, e eu caí no seu jogo mais uma vez e fui ficando, fingindo que estava seguindo em frente enquanto esperava que ele estivesse mudando por mim. Até o momento em que minha ficha caiu; querendo ou não, ele estava em uma posição cômoda, ele tinha exatamente o que sempre quis: o controle da relação, em que ele tinha o poder de determinar até onde nós iríamos. Eu estava me iludindo achando que poderia sair dessa sinuca de bico na hora que eu quisesse ou na hora que se tornasse insustentável, mas toda vez que ele se reaproximava de mim, eu me afundava cada vez mais e me tornava refém dos meus próprios sentimentos, dando a ele ainda mais poder sobre a minha vida.

    Eu precisava assumir o controle, ou melhor, a responsabilidade sobre a situação que eu havia me colocado. Não dava para continuar desse jeito: de um lado nutrindo esperança, do outro lado me torturando por estar em um triângulo amoroso. Se viver esse tipo de relação em que o sujeito não quer, mas não larga o osso, já é um tremendo desgaste emocional e psicológico, imagina quando envolve uma terceira pessoa? Não se trata apenas do que eu quero e do que ele faz. Como ignorar como ele agiu com a própria noiva? Como não pensar sobre como ela se sente? Como não se questionar se ele não diz as mesmas coisas para ela? Como uma relação que se construiu a base de uma mentira pode se tornar um amor verdadeiro?

Eu senti que havia algo de errado, que essa mensagem não veio por um livre e espontâneo desejo do seu coração, como se ele tivesse acordado um dia e percebido que eu era a mulher da sua vida e, então, terminado com sua noiva para ficar comigo. Principalmente porque ele me disse uma porção de vezes que essa situação era complicada, que afetava outras pessoas além da gente e que precisava de tempo para resolver tudo. Como pode ter mudado de ideia tão rápido?

Minha intuição estava tentando me alertar do que eu não conseguia ver, mas no início, eu pensei que fosse coisa da minha cabeça e que talvez eu estivesse me boicotando. A verdade é que eu já ouvi tantas vezes que toda mulher é louca e que tudo que a gente pensa é paranoia que eu passei a duvidar dos meus sentimentos, da minha voz interior. Mas, parando para pensar, é óbvio que a sociedade (na grande maioria os homens, mas muitas mulheres também reforçam isso) quer me fazer acreditar que eu sou descompensada ou que a culpa é dos meus hormônios, porque assim eles invalidam as minhas dúvidas.

Quantas e quantas vezes na vida eu sentia que algo tinha acontecido ou que o sujeito estivesse se afastando de mim, por exemplo, e não fazia nada? Nem conto nos dedos! Eu sentia uma frieza nas palavras dele (mesmo que fosse por mensagem) que eu não sei explicar de onde vinha. Eu sentia um distanciamento, como se não estivéssemos na mesma energia. Mas eu tinha tanto medo de falar sobre isso e ser taxada como louca que eu dizia pra mim mesma que não era nada, que eu estava dando ouvidos às minhas próprias inseguranças. Então eu aguentava mais um pouco, fingindo demência ou, às vezes, mudando meu comportamento e sendo mais atenciosa e carinhosa pra tentar reverter o cenário (o que poderia causar um clima de carência e desespero que afastavam o dito-cujo ainda mais). Eu ficava horas me questionando se eu tinha feito ou falado algo de errado, se eu tinha culpa no cartório para que a outra pessoa quisesse se afastar de mim ou se isso significava que ela já não estava interessada como eu, sabe? Mas eu não tinha coragem de perguntar para a pessoa. Eu perguntava para as minhas amigas sobre o que elas achavam, mas para o cara não, porque ele podia se sentir pressionado, podia achar que eu estava cobrando atenção e, assim, eu o perderia de vez. Ou seja, eu não me sentia no direito de falar com a pessoa que eu estava me relacionando sobre como eu estava me sentindo. Isso, sim, é loucura.

Do que adianta me relacionar com alguém com quem eu não posso ser honesta?! Do que adianta estar em um relacionamento em que a forma como eu me sinto não é importante para o outro? Para onde isso iria me levar? Não vejo outro caminho a não ser o de um relacionamento infeliz, porque se o fato de eu falar sobre meus sentimentos ou conversar sobre a relação que eu estou tendo faz com que a outra pessoa se afaste de mim ou me deixe, ela nunca quis estar comigo de verdade. Chamar uma mulher de louca e dizer que tudo que ela sente é paranoia é uma forma de fazer com que ela se cale e aceite os termos de uma relação que pode ser, muitas vezes, indigna.

Estou aprendendo a reconhecer os sinais e, sobretudo, que a minha intuição não precisa de plateia para ser ouvida. Estou aprendendo a confiar primeiramente em mim; que eu jamais fique à margem do que poderia ter sido, que eu não permita que toda minha jornada seja a cronologia das minhas falhas, que eu possa estender cada dia um pouco mais meus próprios limites, especialmente, aqueles criados sob o cativeiro do meu travesseiro e que eu saiba me amar antes de esperar que qualquer outra pessoa faça isso em meu lugar.

Portanto, eu senti que devia falar com Alicia antes de responder ao Leo, segui o meu coração e foi, sem dúvidas, a melhor decisão que eu tomei. Se eu não tivesse conversado com ela, talvez eu tivesse caído de novo na lábia dele porque ela me trouxe as respostas que eu nem sabia que estava buscando. Era tudo que eu precisava para conseguir dar um ponto-final e acho que ela também.

  A *priori*, fiquei receosa de tocar no nome dele e causar algum mal-estar, afinal, querendo ou não, ela podia me ver como o motivo da separação deles, então deixei a conversa fluir e passamos um bom tempo nos referindo a ele como "a pessoa", "o cara", "o sujeito", generalizando nosso ponto de vista. Foi muito legal perceber que o cuidado com as palavras era mútuo, a gente não queria se ferir mais do que ele já tinha nos ferido. Foi assim que eu percebi que ela havia aceitado minha "ajuda", ela se sentia só e estava disposta a engolir o próprio orgulho para poder desabafar. De fato, o Leo dizia praticamente as mesmas coisas para nós duas. Ele não estava disposto a abrir mão de nenhuma e, tampouco, tomar uma decisão. O tempo inteiro ele ressaltava como se sentia por nós, mas nem por um momento se mostrou preocupado sobre como nós nos sentíamos diante de tudo isso.

  Em determinado momento ela não aguentou segurar mais e acabou me contando o real motivo do término deles: o Leo a flagrou com o melhor amigo dele, tomando café da manhã juntos. Imediatamente ele deduziu que eles também estavam tendo um caso e ficou puto da vida. Não quis ouvir o que ela tinha pra dizer e, tampouco, seu melhor amigo. Ele disse a ela que se ela o tivesse traído com uma pessoa qualquer, ele poderia perdoar porque eles estariam quites, mas o que ela fez ultrapassou todos os limites. Ela disse que ele a humilhou sem precisar dizer um xingamento, ele nem sequer deu a ela o direito de se defender.

  Ver a forma como ela falava dele, como foi a briga deles do ponto de vista dela, fez com que eu não reconhecesse o Leo. Parecia que ela estava falando de uma pessoa completamente diferente da qual eu me relacionei. Eu nunca imaginei que ele fosse capaz de agir assim, apesar de tudo que ele já fez. Mas eu o conheci por alguns meses, ela o conhece há anos, quem deve ter se enganado na perspectiva sobre ele fui eu.

Isso me fez abrir os olhos de tal maneira que o encanto que eu sentia por ele se quebrou de forma irreparável. Agora eu percebo que eu nunca tive uma chance de verdade com ele, mesmo depois de tudo que ele disse. Ele só veio atrás de mim fingindo que havia me escolhido porque sentiu como dói ser enganado, como é pensar que seu relacionamento foi uma grande farsa, como é ser traído. Se ele não achasse que a Alicia não vale nada, ele não teria dito que "se não fosse para ficar comigo, não ficaria com mais ninguém". Ele nunca pensou em mim, ele só pensou nele mesmo.

Eu também me senti muito mal pela Alicia, ela está derrotada, sua autoestima está no chão. Eu tive a impressão, pela forma como ela fala de si mesma, que ela acredita que merece uma relação assim porque ela é "tão ruim quanto ele". Ela acha que é uma pessoa difícil de ser amada e que, daqui pra frente, não vai encontrar ninguém melhor. Eu senti na pele cada uma de suas palavras porque eu já pensei exatamente o mesmo sobre mim, mas eu tive a Vanessa, que olhou nos meus olhos e disse que essa era a maior besteira que eu já tinha dito na minha vida porque não existe ninguém que seja difícil de amar. O amor não é um teste de matemática com fórmulas que sempre resultam em dois resultados: certo ou errado, sem meio-termo. Pessoas diferentes se relacionam de formas diferentes, o amor tem muitas linguagens. Se uma pessoa faz com que a gente sinta que é difícil de ser amado, é um sinal de que essa pessoa não é a certa para nós. Ela claramente não tem a capacidade de nos amar como merecemos. Às vezes as pessoas querem nos diminuir apenas para que a gente se conforme que não vai ter nada melhor, porque se a gente tem noção do nosso próprio valor, elas perdem o poder sobre a gente.

O problema é que quando a gente começa a se culpar por ter se envolvido com uma pessoa que não soube nos valorizar, como se pudéssemos realmente prever as atitudes dos outros e controlar tudo que nos acontece, acabamos nos afundando ainda mais em uma relação indigna. A culpa só nos leva para o buraco; independentemente se a colocamos nos outros ou na gente. Quando culpamos os outros, nos vemos como vítimas e ficamos com pena de nós mesmas, então nos achamos incapazes de sair dessa situação, como se não tivéssemos força o bastante, como se a gente não fosse conseguir se livrar dessa relação por mais que a gente se esforçasse. Mas quando culpamos a nós mesmas por permitir que isso aconteça, nos diminuímos a ponto de acreditar que merecemos passar por isso e temos que engolir em seco uma relação ruim. Ou seja, de uma forma ou de outra, a culpa nos fere.

Enquanto eu atribuía culpa a tudo que acontecia em minha vida, as idas e vindas dos outros e o fracasso dos meus relacionamentos, eu continuava em um ciclo vicioso de dor, que é como eu acredito que a Alicia se sinta.

Eu só consegui superar essa fase quando aprendi a diferença entre culpa e autorresponsabilidade. Eu sei que sou responsável pelas situações que eu me coloco, pelas coisas que eu falo (independentemente de quais sejam as intenções por trás), pelas escolhas que eu faço e por mudar aquilo que me incomoda em minha própria vida ou em mim. Por exemplo, se eu tivesse escolhido ficar com o Leo e ele terminasse definitivamente com a Alicia para ficar comigo, essa seria a "melhor hipótese" para mim, mas faria a Alicia sofrer bastante. Mas a consequência da minha escolha também poderia ser ele me enrolar por um tempão sem nunca me assumir para continuar mantendo as duas, o que seria a pior hipótese para mim, mas querendo ou não, também seria responsabilidade minha.

No entanto, se eu seguir meu coração e agir consciente das consequências, eu não tenho culpa de não ter acontecido como eu esperava ou da relação não ter dado certo, porque eu não sou responsável por controlar tudo. Eu apenas sou responsável por assumir a minha parte e um relacionamento não se constrói por um lado só.

Claro que chegar a essa perspectiva não aconteceu da noite para o dia, muito pelo contrário. Eu nem sei dizer quanto tempo sofri calada até ter coragem de falar em voz alta como me sentia de verdade para alguém. Eu tinha vergonha de sentir culpa e sentia culpa por ter vergonha. Pra me livrar disso, eu tive que aprender a me perdoar, mas essa não é uma tarefa fácil para ninguém, muito menos para uma canceriana. Câncer tem muita dificuldade de perdoar porque é bastante rancoroso. Sim, estou culpando meu signo para amenizar a responsabilidade que eu tenho pelos meus sentimentos e comportamento (está vendo o que acontece quando a gente culpa alguma coisa?). O que importa é que eu estou no processo de me perdoar; mesmo que seja devagarzinho, eu já dei o primeiro passo. Toda vez que a insegurança vem acompanhada da culpa, eu respiro fundo e tento mentalizar que não sou a mesma pessoa, que eu já mudei, que eu já evoluí e, como todo mundo, que eu mereço uma segunda chance. *A culpa não me define.* Eu acredito no meu potencial de ser uma pessoa melhor a cada dia (é o que digo para mim mesma todos os dias em frente ao espelho. Sério).

Eu lembro como se fosse hoje a cara que a Vanessa fez pra mim (olhos arregalados, sobrancelhas arqueadas, boca entreaberta) quando lhe confessei como eu me sentia. Ela não imaginava que eu estava passando por isso, apesar de já ter sentido as mesmas dores que eu. Olha só, que loucura! A gente fica achando que ninguém vai nos entender, mas no fim das contas, está todo mundo travando suas batalhas internas e fingindo que está tudo bem pra não dar o braço a torcer e dizer que precisa de ajuda. A gente acha que ser forte é não demonstrar o que sente, mas na verdade é ter a coragem de ser vulnerável.

Ter pessoas ao nosso lado que nos apoiem quando temos que tomar decisões difíceis, especialmente quando estamos lutando contra nós mesmos, tem o poder de mudar nossa vida para sempre.

Por isso eu não tenho dúvidas de que estou do lado certo.

CAPÍTULO XVIII

"
Quando duas pessoas estão realmente dispostas porque há reciprocidade nos sentimentos, elas dão um jeito de fazer dar certo. O resto é desculpa."

@samanthasilvany

> *Não é a traição, não são as brigas nem o medo de perder o outro e, muito menos, a interferência de terceiros que destrói uma relação. É quando nos perdemos de nós mesmos e deixamos que as nossas inseguranças nos dominem que o relacionamento fica por um fio.*

ELE

Sempre tive minhas dúvidas sobre amizade entre homem e mulher porque, francamente, para ser verdadeira, um não poderia ser atraente para o outro, do contrário, constantemente vai existir uma tensão entre eles. Fato. Basta que passe pela cabeça de um dos dois a intenção de algo maior, como sexo ou até um relacionamento, que deixa de ser amizade e se torna *friendzone*:[3] aquela relação em que um dos dois está apenas esperando uma oportunidade para dar o bote.

---

3. *Friendzone*: zona da amizade; expressão usada quando alguém tem interesse romântico, mas a outra pessoa só deseja a amizade.

Amizade só é amizade quando não há segundas intenções, quando uma pessoa simplesmente curte a companhia da outra e quando se consideram irmãos. E irmãos brigam, vale ressaltar, mas sempre fazem as pazes. Por isso, a amizade entre homens é, sem dúvidas, uma das relações mais honestas que existe entre dois seres humanos. Há um companheirismo e uma lealdade genuínos que me parece não haver entre as mulheres, mesmo sendo amigas.

Ter um amigo fiel, principalmente se for de longa data, é valiosíssimo. Homens não se ofendem, não fofocam, vão direto ao ponto quando algo lhes chateia, não se preocupam em fazer a política da boa vizinhança, mas também conseguem resolver a grande maioria dos seus problemas em uma mesa de bar, tomando uma e gargalhando sobre tudo.

Mateus é um dos meus amigos mais antigos, esteve ao meu lado dos piores aos melhores momentos da minha vida. Ele está longe de ser perfeito, assim como eu não sou, mas há muitos aspectos nele que eu admiro, e eu acredito que ele sinta o mesmo em relação a mim. A nossa amizade é uma das relações mais bem-sucedidas que eu já tive, mas eu não tinha noção disso até nos afastarmos, porque nunca em mais de dez anos de convivência passamos mais de dois dias brigados. Nem mesmo na adolescência, que foi a fase mais difícil entre nós porque competíamos muito um com o outro. Nada foi capaz de nos separar. Às vezes, estamos juntos sem sequer conversar, pelo simples prazer da companhia um do outro. Ponto.

Arrisco dizer que eu senti mais falta dele nesses últimos dias do que da própria Alicia, por incrível que pareça. Portanto, quando o auge da minha raiva passou e eu comecei a sentir a dor da consequência, eu percebi que não conseguiria evitá-lo para o resto da vida. Eu teria que dar a ele uma chance de se explicar, por uma questão de justiça mesmo, então saímos para tomar uma e conversar.

Mateus não é um cara emotivo, ele se faz de durão e eu conto nos dedos as vezes em que o vi falar abertamente sobre seus sentimentos, mas o dia em que nos encontramos para "lavar a roupa suja" foi um deles. Ele estava visivelmente magoado pelo o que aconteceu, e eu admito que se fosse o contrário, eu também ficaria chateado com ele por duvidar de mim e me ignorar; um amigo de verdade não deveria fazer isso. Então, eu reconheci que a possibilidade de ter sido traído me cegou e eu agi de forma imatura. Sou homem o bastante para assumir isso.

Por sua vez, Mateus se defendeu e disse que eu tinha entendido tudo errado.

Afinal, ele e a Alicia têm uma espécie de amizade mais profunda do que eu tinha conhecimento. Embora essa tenha sido a única vez em que eles saíram juntos, sozinhos, ele disse que Alicia já tinha recorrido a ele várias vezes pedindo ajuda sobre o nosso relacionamento, que percebia que ela tentava arrancar informações sobre mim através dele, mas que não tinha coragem de cortar a proximidade porque via o quanto ela era apaixonada por mim e sentia pena. Em consideração a ela, naquele dia, ele topou encontrá-la na padaria depois que ela lhe disse que o assunto era sério e que ele poderia ajudar a salvar o nosso casamento, mas nunca imaginou que teria um desfecho como esse. Ele disse que Alicia foi bastante insistente quanto ao encontro e por isso ele acreditou que fosse realmente importante, mas chegando lá, percebeu que ela queria descobrir através dele se eu ainda estava envolvido com a Sofia.

Foi só quando ele viu a minha reação ao vê-los juntos que ele percebeu que eu não sabia sobre a "amizade" que eles tinham. Ele não tinha ideia de que a Alicia havia escondido isso de mim, apesar de ela ter pedido a ele que não mencionasse nada sobre este encontro, ele respeitou a decisão dela para poder ajudá-la. Disse que, se não fosse por isso, ele jamais teria deixado de me avisar sobre um encontro com ela, seja qual fosse. Disse também que se arrependeu de ter metido a colher em nosso relacionamento porque sobrou pra ele, que não valia a pena arriscar uma amizade como a nossa por uma boa relação com ela e que ele tinha um carinho por ela, sim, mas que não se comparava ao vínculo que nós temos. Disse que se tivesse que escolher, sem dúvidas, ficaria ao meu lado e até deixaria de falar com ela, se eu quisesse.

Ele seria o padrinho do nosso casamento, então eu entendo que ele havia tentado ter um bom relacionamento com ela, faz todo sentido.

Diante de tudo que ele disse, eu tive que admitir que havia feito um julgamento errado sobre a situação e confesso que isso me trouxe um certo conforto. Francamente, havia uma ponta de esperança de que eu estivesse errado sobre isso, e não sobre a mulher com quem eu me relacionei por nove anos e o irmão que a vida me deu.

Eu sei reconhecer meus erros e prefiro me desculpar com eles por ter precipitado minhas conclusões do que me desculpar comigo mesmo por ter investido anos da minha vida na mulher errada para mim ou em uma amizade traiçoeira. Então, de certa forma, eu saí ganhando nessa situação: eu tive uma prova de confiança do meu melhor amigo e ainda tenho a chance de recuperar meu relacionamento com Alicia, porque agora que eu tenho certeza de que ela não fez isso comigo, posso correr atrás do prejuízo. Os danos ainda são reparáveis. Tudo que ela mais queria era que eu acreditasse nela, portanto ela não vai colocar a perder o nosso relacionamento por causa da briga que tivemos. Até porque nós já tivemos discussões piores, e ela sabe que também tem sua parcela de culpa em toda essa confusão.

Se ela tivesse me dito desde o princípio que ela e o Mateus mantinham uma "amizade", eu ainda iria estranhar de vê-los às nove horas da manhã tomando café sem ter me avisado, mas eu não desconfiaria que eles tivessem dormido juntos. Aliás, se ela não fosse tão paranoica a ponto de me seguir, eu nem sequer teria seguido ela, pra começar. Ela também fez um julgamento errado a meu respeito achando que eu proibiria os dois de serem amigos. Eu jamais faria isso, mas obviamente eu esperaria que ela tivesse bom senso quanto a essa relação porque tudo tem limite, especialmente quando se trata de amizade entre homem e mulher. Faltou comunicação entre mim e ela, e deu no que deu.

Porém, nem tudo está perdido, Mateus me garantiu que nem passava pela cabeça dela desistir de nós dois apesar de tudo, que ela certamente iria reconsiderar o casório se eu fosse atrás porque ela não havia cancelado nada, ninguém sabia o que tinha acontecido entre a gente, nem a família e, tampouco, os amigos. Talvez ela tivesse esperança de que eu fosse descobrir a verdade e que nós ainda pudéssemos ficar juntos.

Ele disse que falou com Alicia algumas vezes desde então e ela estava "acabada", como se tivessem sugado a sua vontade de viver. Disse que nunca a viu tão preocupada quanto ao nosso término, mas que, na sua opinião, se ela me amava a ponto de perdoar uma traição, ela certamente perdoaria um mal-entendido como aquele. Disse que se eu me mostrasse arrependido, eu teria uma chance de reconquistá-la.

Já faz alguns dias desde a última vez que eles se falaram, mas eu não acredito que os sentimentos da Alicia por mim tenham mudado, então eu decidi seguir o conselho dele e tentar fazer as pazes com ela. Ainda faltam vinte dias para nos casarmos e eu posso provar a ela que nós vamos superar tudo isso juntos, mais uma vez.

Francamente, por mais bem-intencionado que o cara seja, por mais promessas e compromissos de fidelidade que tenha definido, há sempre a possibilidade de se envolver com uma pessoa de fora da relação, porque nós vivemos em uma sociedade. Não podemos nos isolar como casal e ignorar que o resto do mundo exista. Conviver com outras pessoas, seja no ambiente de trabalho ou em um momento de lazer, faz com que relações paralelas aconteçam com mais frequência do que imaginamos. Ninguém está imune à vontade de beijar, transar e, por consequência, se apaixonar por outra pessoa; a diferença é que as mulheres não traem pelo prazer carnal, elas traem porque não se sentem amadas o bastante. Já os homens sabem lidar melhor com ambas relações.

O que me deixou consternado sobre a ideia da Alicia ter me traído, em primeiro lugar, foi por eu acreditar que de todas as pessoas do mundo, ela tivesse escolhido justamente o meu melhor amigo porque, pra mim, isso configura outro nível de traição. Aliás, isso é mau caráter mesmo. E, em segundo lugar, porque achei que, depois de tudo que eu fiz por ela ao longo desses nove anos, ela não se sentia amada o bastante. Isso já é demais. Mais uma vez, eu me senti insuficiente, como se todos meus esforços não valessem de nada.

Os homens traem por outros motivos e, em geral, conseguem separar bem as coisas: o que é sexo do que é envolvimento. Meu erro foi ter me deixado levar, sei disso. Eu não racionalizei sobre o que estava acontecendo e, quando menos percebi, perdi o controle da situação e dos meus próprios sentimentos.

Eu sei que quanto a isso vai ser difícil recuperar a confiança da Alicia novamente, mas não seremos o primeiro e tampouco o último casal a passar por uma turbulência às vésperas do casamento. É compreensível que o medo do compromisso, a insegurança e as expectativas do futuro nos ceguem por um momento. Porém, pode ser que isso nos ajude a lidar com a possibilidade de traição em vez de ignorá-la e surtar quando acontecer. Pode ser que isso nos ajude a ter uma relação monogâmica melhor, assim como ela quer.

A traição não é um fato, não precisa necessariamente acontecer com frequência. É uma fase de provação que pode fazer com que vejamos com mais clareza o que precisamos melhorar para continuarmos juntos. Porque a traição não depende do ato em si, mas da forma como os envolvidos se sentem, é uma experiência.

Eu, por exemplo, me senti traído, humilhado, abandonado, rejeitado, indignado e, apesar de não ter sido de fato traído, eu sofri do mesmo jeito. Tem gente que considera traição quando um sai sozinho para a balada sem avisar, enquanto outros consideram traição que lhe escondam qualquer coisa, mesmo que não tenha importância alguma para o relacionamento. Então, a questão não depende das expectativas e dos acordos entre o casal, mas de como nos sentimos. Eu poderia dizer que me senti tão traído quanto a Alicia se sentiu em relação a mim, apesar de terem se tratado de situações diferentes.

A experiência e a dor que eu senti foram reais e toda vivência nos ensina. Nesses últimos dias em que vi meu relacionamento acabar bem na minha frente e me senti impotente, eu percebi como estamos em constante transformação. Mesmo depois de quase uma década me relacionando com a mesma pessoa, há muitas coisas nela que eu ainda desconheço e que suas atitudes podem me surpreender. Não é porque ela sempre agiu de uma determinada maneira que, obrigatoriamente, terá que repetir esse comportamento em outras situações. Há dois meses eu fui apresentado a uma outra Alicia, totalmente diferente da mulher que eu pedi em casamento, que já demonstrou ter muitas fases e mudanças de humor e, embora eu não saiba o que me aguarda para os próximos anos ao seu lado (isto é, se eu conseguir reconquistá-la), eu tenho plena consciência de que o amor que sentimos um pelo outro faz tudo valer a pena. Isso não mudou. Pelo menos, não da minha parte. Ainda que eu tenha me apaixonado por outra pessoa, o amor que eu sinto por ela não pode ser substituído ou esquecido assim. Aliás, jamais vai ser apagado.

Fidelidade não é prova de amor, é uma imposição social que corresponde ao casamento monogâmico. Amor é outra coisa. Amor é sentir felicidade em estar na presença do outro, é sentir prazer em fazer coisas para o outro, é saber perdoar e recomeçar. É possível diminuir o sofrimento de ter sido traído não pensando excessivamente sobre isso, lidando como se fosse um ex-relacionamento.

Alicia foi minha primeira namorada, mas antes dela eu tive outras relações que ela teve conhecimento. No início, ela se mostrava ciumenta sobre minhas ex, mas logo entendeu que a importância que ela tem em minha vida é incomparável. Se ela resgatar esse sentimento e entender que nada nem ninguém pode ficar entre nós, ela vai ser capaz de esquecer o que houve e vamos seguir em frente como se nunca tivesse acontecido.

Não é a traição, não são as brigas nem o medo de perder o outro e, muito menos, a interferência de terceiros que destrói uma relação. É quando nos perdemos de nós mesmos e deixamos que as nossas inseguranças nos dominem que o relacionamento fica por um fio.

Talvez nós tivemos que aprender isso da pior forma. Talvez o papel da Sofia tenha sido fundamental neste processo para reconstruirmos nossa relação com mais maturidade. Afinal, quando duas pessoas estão realmente dispostas porque há reciprocidade nos sentimentos, elas dão um jeito de fazer dar certo. O resto é desculpa.

Se Alicia me ama tanto quando ela diz, agora ela vai ter a chance de provar.

CAPÍTULO XIX

"Ter coragem o bastante para deixar ir quem não te valoriza e paciência o suficiente para esperar quem você merece é um ato de amor-próprio."

@samanthasilvany

> *Às vezes, é apenas uma questão de tempo para que a gente possa entender que não acontecer algo como a gente gostaria é definitivamente o melhor para a gente."*

ELA

Ainda estou em choque. Não consegui disfarçar nada, nadinha. Foi surreal, emocionante. E um pouco dramático. Senti vontade de rir e chorar ao mesmo tempo como um final de comédia romântica boa, sabe? Tive a impressão de que todo mundo ao nosso redor percebeu porque foi lindo de se ver (e por dentro deveriam estar aplaudindo, tenho certeza). Três mulheres completamente diferentes entre si unidas com um propósito em comum, exatamente como em *Três espiãs demais!* Exceto que em vez de combater o crime, elas enfrentaram um inimigo silencioso e letal: a hostilidade feminina, o famoso ranço gratuito que têm umas com as outras simplesmente porque se veem como rivais. Três mulheres combatendo juntas o machismo que, desde pequenininhas, as ensinou a se odiarem para se enfraquecerem. *Fico arrepiada só de falar!*

Hoje tinha tudo para ser um dia comum em que, como de costume, eu iria almoçar com a Vanessa, mas aí eu tive a brilhante ideia (modéstia à parte) de convidar a Alicia. Foi um pouco arriscado, levando em conta que na primeira vez em que nos encontramos parecia uma arena de gladiadores? Sim. Pode ter sido um pouco precipitado porque, apesar de termos conversado praticamente todos os dias desde que lhe enviei uma mensagem, ela não é *exatamente* minha amiga? Sim. Usei a Vanessa como escudo para quebrar o gelo com seu jeito extrovertido, caso fosse constrangedor? Sim, confesso. Mas é para isso que servem as amigas, certo? A única coisa que eu não poderia imaginar nem em um milhão de anos é que as duas já se conheciam.

    O momento em que elas ficaram cara a cara foi igualzinho a uma cena revelação de novela das nove, sabe? Eu estava no meio, sem entender nada, olhando de uma para a outra igual uma barata tonta. Vanessa foi a primeira a reagir, daquele jeito escandaloso dela, soltou um grito. Alicia estava vermelha como um pimentão, não sabia onde enfiava a cara. Eu perguntei o que estava acontecendo e Vanessa me respondeu:

— Sofia, esta é a Lica. Eu não acredito que o cara que fez essa sacanagem com você é o mesmo que namora a minha prima!

    Então meu mundo caiu e minha cabeça começou a dar muitas voltas e voltas para ligar os pontos e relacionar o nome à pessoa.

    Alicia é ninguém mais ninguém menos do que a Lica. Sim, a mesma Lica prima da Vanessa. A única Lica que se afastou da Vanessa por conta do namorado. A Lica que, eu acabei de descobrir, recebeu o apelido da própria Vanessa quando eram pequenininhas porque ela não sabia como pronunciar Alicia (e meio que o apelido pegou por toda a família). Essa Lica, que eu já me sentia íntima de tantas vezes em que ouvi a Vanessa falando dela, é apenas a ex-noiva do meu ex. Sério. Até agora a minha ficha não caiu. O mundo é uma cidade pequena.

Durante não sei quanto tempo, fiquei calada, em choque, apenas ouvindo as duas se entenderem.

— Eu me lembro de todas as vezes que você tentou me alertar, e eu tentava seguir seus conselhos, eu juro, mas sempre que eu chegava ao meu limite, ele vinha atrás cheio de promessas. Ele mudava suas atitudes, e eu sentia que tinha que dar outra chance porque ele estava se esforçando de verdade, você me entende? Sendo que não durava muito... — Alicia disse para a Vanessa.

— Eu sei, eu entendo... Ele fazia tudo para te agradar até estar seguro de que você não iria deixá-lo, não é? — Vanessa respondeu e fez uma pausa. — Por que você parou de me procurar? Eu podia te ajudar a sair dessa!

— Você mesma disse que não queria mais ouvir sobre a gente! Sempre que falávamos sobre isso, nós duas acabávamos brigando. Eu não queria perder sua amizade, então eu parei de te contar o que estava acontecendo, mas acho que assim, sem querer, foi pior ainda e eu me afastei de você. Eu achava que se eu me meti nisso sozinha, eu tinha que sair também. Eu não queria incomodar ninguém com meus problemas. Eu tinha tudo sob controle. Aliás, eu achava que tinha... — disse Alicia em tom de desabafo que fez meu coração ficar apertado.

— Que bobagem! Ninguém precisa fazer tudo sozinho! Tá tudo bem buscar ajuda. Eu nunca viraria as costas pra você, por mais que não fosse segredo pra ninguém o quanto eu não apoiava seu relacionamento — falou Vanessa.

Alicia, então, começou a contar tudo que tinha acontecido entre eles antes de eu aparecer.

— Você se lembra da primeira vez que terminamos? — ela perguntou à Vanessa. — Eu te disse que tinha encontrado umas mensagens no celular dele e por isso terminamos, mas não foi bem a verdade. Eu estava com muita vergonha do que tinha acontecido. Naquela época, foi ele quem terminou comigo sem dar muitas explicações. Eu desconfiava que fosse por causa de uma menina que ele já tinha me falado sobre; ela era uma caça-talentos e dizia a ele que o livro dele tinha muito potencial. Ele estava empolgado com a ideia de ser escritor, e eu suspeito que tenha se envolvido com ela. Nunca descobri se houve uma traição de verdade, mas ele já tinha traído a minha confiança por trocar mensagens se insinuando para outra mulher. Pouco tempo depois ele se arrependeu, pediu pra voltar e eu aceitei. Eu preferi acreditar que era uma fase, que ele era só um menino deslumbrado com seus sonhos e que iria amadurecer.

Alicia respirou fundo, dando uma pausa dramática na história e prosseguiu. Eu e a Vanessa estávamos tão atentas que nem piscávamos.

— O segundo pior término também foi por conta de mensagens que eu encontrei em seu Instagram, porque ele passou a apagar as mensagens do celular. Mas dessa vez, fui eu quem terminei. O livro dele estava no auge, ele tinha muitas fãs e, embora não quisesse admitir, ele adorava isso. Ele usou um pseudônimo para preservar a vida particular, o que significava não permitir que eu descobrisse que ele conversava com suas fãs intimamente. Quando eu descobri, porque não sou boba nem nada, ele me chamou de louca, disse que eu criava coisas na minha cabeça e ficava procurando motivos para brigar. Passamos um tempo separados, mas eu sofria muito e sentia muita falta dele, então comecei a pensar que, talvez, eu tivesse exagerado, porque eu realmente não tinha nenhuma prova de que ele tivesse me traído, tipo, de forma carnal. Então achei que eu podia perdoar e pedi pra voltar. Ele aceitou e passamos alguns meses vivendo em paz. Até que, do nada, o namorado da caça-talentos me mandou uma mensagem perguntando por que o meu namorado havia mandado uma mensagem para ela, acredita? Parece trama de novela mexicana, mas é apenas parte do que eu já passei.

— Eu tô no chââãoooo! — grita Vanessa.

— Eu nunca soube o que dizia a mensagem porque tanto o Leo quanto a garota negaram que tivesse qualquer importância. Ele disse que falavam sobre trabalho — continua Alicia. — Brigamos feio porque, pra mim, era a prova de que ele tinha me traído com ela desde a primeira vez, mas ele se defendeu e disse que só ficou com ela depois que terminamos. O terceiro término foi o pior de todos porque foi como um acúmulo de ressentimentos dos términos anteriores. Eu estava cansada, confusa, não sabia em que acreditar. Então ele me pediu em casamento, disse que iria mudar, que não conseguia viver sem mim, e eu achei que poderia superar tudo que tinha acontecido porque ele era o homem da minha vida. Entramos em uma fase maravilhosa do nosso relacionamento em que nós dois estávamos muito empolgados com a ideia de casar, morar juntos e tudo mais. Eu não podia estar mais feliz, afinal, dessa vez ele quem tinha colocado o casamento em pauta, e não eu. Eu sentia que era para valer, e ele finalmente tinha amadurecido. Mas logo depois as coisas começaram a esfriar e eu tive a impressão de que ele tivesse se arrependido do pedido. Uma noite, na casa dele, tentei puxar o assunto, mas ele se exaltou, disse que eu nunca estava satisfeita, que eu reclamava de tudo. Acabamos discutindo feio novamente. Eu saí de lá no meio da madrugada, devo ter acordado todo o prédio. Eu me sentia totalmente fora de mim, ele me fazia perder a cabeça. Mas, apesar disso, para mim, nós não tínhamos terminado porque agora não se tratava mais de um namoro, mas, sim, de um casamento. Faltavam mais ou menos quatro meses para nos casarmos.

— Foi quando eu o conheci... — eu disse, quase sem coragem.

Ela assentiu com a cabeça e continuou.

— Eu tinha medo de que ele fosse atrás da tal garota de novo, mas eu queria absurdamente lutar pelo meu relacionamento, pelo meu futuro casamento, então eu comecei a vigiar para onde ele ia no "Buscar iPhone".

— Não! — Vanessa cobre a boca em espanto.

— Foi assim que eu descobri que ele tinha ido a Málaga. — Ela olhou em minha direção e eu percebi que estava prendendo o ar. — Depois eu busquei na fatura do cartão de crédito a evidência da hospedagem para duas pessoas e tive a minha confirmação, mas eu não podia dizer a ele. Ele ia ficar furioso se soubesse que eu invadi sua privacidade. O meu plano era descobrir quem era a pessoa que estava com ele e tentar salvar meu casamento.

— Menina, o FBI perde feio para você! Eu tô passada! — Vanessa comentou, incrédula.

— Eu não fazia a menor ideia de que tudo isso estava acontecendo... — eu disse.

— Eu sei. Hoje, eu sei. Não se preocupe, não foi sua culpa — Alicia me falou.

— Não foi culpa de nenhuma das duas! Parem já com isso! Ele não teve o mínimo de responsabilidade afetiva por você — Vanessa disse para a Alicia. — E não teve o mínimo de respeito por você — ela disse para mim. — Ele não teve a menor consideração por nenhuma das duas. Graças a Deus você descobriu isso antes de se casar, Lica.

— É fácil falar, mas como eu vou assumir isso para toda a nossa família, Nessa? Eu não sou como você. Nunca fui. Eu nunca estive... *sozinha*. Eu não sei o que fazer.

— Ué, e você acha que eu nasci sabendo? Que eu não sofri para aprender? — Vanessa retrucou.

— Eu acho que o que ela quer dizer é que você não se sente carente quando está só... — eu me meti.

— Quem disse isso? É claro que eu me sinto! Que mulher que cresceu ouvindo que precisa encontrar alguém, que nasceu para ser mãe, que se for muito exigente vai ficar pra titia, não se sente carente?! A coisa que a gente mais escuta desde pequenas é que nascemos incompletas, que precisamos achar a metade que falta. A diferença é que eu sempre tive muito medo de permitir que essa carência me dominasse, me tornasse desesperada e eu acabasse me relacionando com algum macho escroto. Porque eu sei que eu não SOU carente como a sociedade me faz acreditar, eu me SINTO carente. É um sentimento, não é a definição de quem eu sou. E como todos os sentimentos: alegria, tristeza, raiva, felicidade etc., ele passa. Às vezes, não tem o que fazer a não ser esperar. Não dá pra acelerar o nosso processo, entende? Dói, não vou mentir. Só eu sei o quanto a solidão já foi minha inimiga, mas eu fui aprendendo a lidar, a me desconstruir nesse aspecto, a entender que eu não tive culpa e que eu não preciso carregar as expectativas que os outros têm sobre mim, especialmente por eu ser mulher, entendeu?

— Eu nunca quis admitir que eu era carente, ops... quero dizer, que eu *estava* carente porque me parecia uma fraqueza, como se eu fosse uma pobre coitada. Eu queria mostrar que era forte e autossuficiente e negava para mim mesma que doía mais ainda quando eu fingia que não doía nada. Hoje eu sei quando me sinto carente, mas ainda estou aprendendo a controlar esse sentimento... No fundo, todas nós nos sentimos assim, né? — eu disse.

— É, eu acho que aceitei ele de volta tantas vezes porque gostava de "ser amada", ser mimada, de ter alguém fazendo tudo por mim. Isso me fazia sentir especial. Eu me convencia que valia a pena pelos momentos bons que tínhamos, mesmo que na maior parte das vezes eu me sentisse angustiada, como se a qualquer instante eu pudesse descobrir que era tudo uma ilusão, entende? — falou Alicia.

— Eu sei bem como é. A gente já teve tanto embuste na vida ou já ouviu tanta história triste, sem falar do exemplo que temos em casa que, na maioria das vezes, nos traumatiza, então quando uma pessoa nos trata bem parece que ela está fazendo muito, quando, na verdade, está fazendo o mínimo. E a gente se apega a essa situação porque parece que é melhor ter qualquer coisa do que não ter nada. É a gente que merece mais e aceita pouco por medo de não encontrar outra pessoa. Mas está tudo errado porque esse medo que a gente sente de ficar só é mais uma das consequências de uma sociedade machista. É sempre a mulher quem tem que se adaptar, se moldar à forma com que o cara quer se relacionar, ser paciente com seu "amadurecimento". É o cúmulo do ridículo que a gente tenha que ensinar para uns marmanjos de vinte anos a tratar uma mulher com respeito como se eles tivessem sete anos de idade! Ai, esse assunto me deixa nervosa! — Vanessa falou como se estivesse palestrando em praça pública.

Alicia e eu concordamos e rimos do seu jeito esbaforido de falar sobre um assunto tão sério. Ficamos as três em silêncio, digerindo cada palavra daquela conversa. Eu percebi, naquele momento, como a nossa vulnerabilidade havia nos tornado mais fortes. Cada uma de nós teve experiências diferentes, veio de uma criação distinta, tinha sua própria perspectiva sobre o amor, mas de alguma forma, entendia as dores uma da outra porque, no fundo, a gente se identificava com as mesmas inseguranças e angústias. A única coisa que tínhamos em comum era o fato de sermos mulheres, e isso era tudo que a gente precisava para se unir.

Vanessa segurou minha mão e da Alicia e disse para ela:

— Você não está sozinha. Nunca esteve, pra ser sincera. Você só tinha se esquecido.

Então, Alicia, que agora estava totalmente à vontade na conversa, confessou que o Leo tinha ido atrás dela mais uma vez, que estava arrependido de ter desconfiado dela, que esses dias sozinho tinham feito com ele refletisse bastante e ele havia mudado. Ele prometeu, novamente, mundos e fundos a ela.

Fiquei me perguntando se ele fez isso depois que eu o dispensei ou enquanto ainda estava tentando me reconquistar, mas não disse nada.

Eu já tenho muita segurança no meu coração que o Leo não é a pessoa certa pra mim. Depois de ter ouvido a história por outro ponto de vista, eu só confirmei o que minha intuição já tinha previsto. Por mais dolorosa que tenha sido essa situação, por mais que, no fundo, eu ainda tenha sentimentos por ele, eu sei que o que me impede de esquecê-lo completamente é apenas o apego. Nada mais do que isso. Ele já me deu inúmeras provas de que não me merece. Cedo ou tarde, eu vou vencer o apego. Não será a primeira nem a última vez que isso acontece, tenho certeza porque sempre passa.

No meu ponto de vista, Alicia também já deveria ter percebido isso. Ele claramente não é a pessoa certa para ela, ele não a merece. Mas ela é quem precisa acreditar nisso, não eu. Eu jamais opinaria sobre o que ela deve fazer, e a Vanessa, apesar de ter a melhor das intenções em ajudar, não sabe como nós duas nos sentimos. Mesmo assim, Vanessa encarnou a psicóloga e começou a analisar a situação, disse uma série de coisas para que a Alicia não cedesse ao Leo e teve a ousadia de apagar o contato dele do celular dela (é claro que ela sabe o número dele de cor, mas o que vale é a intenção).

Eu percebi que elas precisavam de um momento a sós e, pra ser sincera, esse assunto ainda me dói, então inventei que tinha que terminar de escrever uma matéria, senão cabeças iriam rolar na editora, para poder ir embora.

Mais tarde, Vanessa me ligou para contar o quanto estava feliz por ter se resolvido com a Alicia, me agradeceu por ter feito esse encontro acontecer (embora não tenha sido de propósito, aceitei o mérito) e disse que se visse o Leo na rua, não se responsabilizava pelo o que faria com ele por ter mexido com as pessoas mais importantes da sua vida. Por fim, ela me disse que ter coragem o bastante para deixar ir quem não te valoriza e paciência o suficiente para esperar quem você merece é um ato de amor-próprio, e ela estava muito orgulhosa de mim. Eu achei graça da sua falsa agressividade, mas também fiquei muito feliz por ela e percebi o quanto foi importante ouvir isso para me sentir mais leve. Às vezes, é apenas uma questão de tempo para que a gente possa entender que não acontecer algo como a gente gostaria é definitivamente o melhor para a gente.

CAPÍTULO XX

> "O amor é paciente, benevolente. Não é sobre a intensidade de um instante, as palavras ditas em seu auge nem as promessas ao pé do ouvido. O amor é baseado em como ele sobrevive à realidade."

@samanthasilvany

> *Estar comprometido com uma pessoa é dominar a arte de recomeçar constantemente, torcendo para que, a cada nova chance, os dois consigam transcender de patamar. Quem vê de fora não imagina quão complexa e árdua é a tarefa de permanecer."*

ELE

Se me perguntassem como definir o amor em apenas uma palavra, eu diria sem pestanejar: recomeço. Um relacionamento é composto por vários ciclos, o amor se reinventa em cada um deles. Esse processo não tem fim. Estar comprometido com uma pessoa é dominar a arte de recomeçar constantemente, torcendo para que, a cada nova chance, os dois consigam transcender de patamar. Quem vê de fora, não imagina quão complexa e árdua é a tarefa de permanecer. Não sei, talvez o engano seja meu, mas se não for para te fazer alguém melhor, para te fazer reconhecer seus erros, moldar suas falhas e acreditar em recomeços, qual seria o sentido de escolher dentre sete bilhões de pessoas aquela com quem compartilhar uma vida (não a sua nem a dela, mas uma vida feita para os dois)?

Francamente, a maturidade não facilita, mas, sim, muda as prioridades. De fato, as discussões da adolescência não se repetem, pelo contrário, dão lugar a novos debates de proporção bem maior com o tempo. E se antigamente, no início da juventude e no auge da paixão a gente não se importava nem um pouco em ceder para fazer os caprichos do outro, hoje em dia, já cansados e calejados, a gente sabe muito bem quais são nossos limites. O que às vezes pode nos tornar um tanto quanto inflexíveis. Ou teimosos.

Portanto, um casal que não se reinventa, não sobrevive. E depois culpa o amor pelo fim do relacionamento, mas o que faltou, na realidade, foi disposição para recomeçar. Afinal, problemas todos têm.

Sempre desconfio de casais que enchem a boca para dizer que nunca brigaram. Como uma relação sem conflito pode te fazer crescer? Longe de mim tornar uma discussão banal, um motivo para dormir brigados, mas eu não finjo que sou perfeito. Precisamos aceitar de uma vez por todas que as pessoas erram, sim. E parar de exigir perfeição porque, francamente, ninguém conseguirá corresponder cem por cento às expectativas do outro.

Não vale a pena romper uma relação de anos, que já tinha atingido certa estabilidade, por um motivo bobo. Não vale a pena cobrar o estereótipo do Príncipe Encantado porque isso faz com que nenhum homem, por mais que se esforce, pareça bom o bastante. Não vale a pena abrir mão de tudo que construiu a dois porque um não teve suas vontades satisfeitas.

Infelizmente, isso não é o tipo de coisa que se aprende nos livros, na escola e, muito menos, na mídia. Porque não é um caminho fácil e pode ser doloroso também, até deixar algumas cicatrizes. Mas é o único caminho real para quem busca ter um relacionamento, e não viver um conto de fadas. Não importa se é a primeira ou a milésima vez que se propõem a recomeçar, desde que haja amor.

Foi isso que eu disse a Alicia que a fez desabar em meus braços. Ela chorou como uma criança e eu amparei como sempre fiz, como sempre farei. Deixei que ela desabafasse sobre como se sentia para eu saber em quais pontos preciso mudar e, então, disse a ela que não se preocupasse, porque muitos casais que conhecemos passaram pelo o mesmo que nós, chegaram até a cancelar ou adiar o casamento porque estavam muito inseguros da decisão, mas no final o amor tinha mais peso do que qualquer dificuldade.

Como eu já esperava, ela me lançou uma série de perguntas, coisas do tipo "por que você fez isso comigo?", "o que eu fiz para merecer ser tratada desse jeito?", "como você pode me amar e me trair?". Francamente, eu não tenho essas respostas e, mesmo que eu tivesse, eu não ousaria dizer. Ela certamente não entenderia. Tudo que eu mais queria era ter uma explicação lógica para o que aconteceu, mas eu não tenho. Pode ter sido um instinto masculino, não sei. Homens agem instintivamente desde o início dos tempos. Pode ter sido uma forma de autodefesa para preservar minha liberdade após um compromisso tão sério quanto o matrimônio, sei lá. Eu não sei. Eu agi pela emoção, eu agi sem pensar. Não posso mudar o que aconteceu, então não vale a pena continuar insistindo nisso. Não tem o menor sentido ela me intimar com essas questões. Nada do que eu disser vai mudar o que houve.

Mas é claro que eu não disse nada disso a ela, pelo amor de Deus. Aí, sim, ela teria esbravejado de raiva. Eu apenas deixei que ela falasse até ficar esgotada, até não ter mais nada para acrescentar, até que ela se sentisse bem novamente.

Francamente, não sei dizer quanto tempo essa discussão levou. Pra mim, pareceu uma eternidade. Quando eu achava que estávamos evoluindo, que os ânimos haviam se acalmado, ela desenterrava alguma mágoa para me jogar na cara. Não vou mentir: isso me incomoda bastante porque não entendo a necessidade de trazer à tona coisas que nós já superamos há muito tempo. Eu disse a Alicia que o que maltrata ela é essa mania de viver de passado. Se ela pudesse ver quem eu sou, quem eu me tornei, ela saberia que não tem comparação ao garoto que eu fui e aos erros que eu cometi no início do nosso relacionamento. Mas, de qualquer forma, eu não estava em posição de reclamar. Se eu decidisse falar algumas verdades na cara dela, assim como ela fez comigo, certamente não haveria mais relacionamento, casamento e nem amizade entre a gente. Eu prefiro deixar pra lá, não mexer no que está quieto. Como diria o ditado: não cutucar a onça com vara curta. Afinal, é isso que significa recomeço. Não tem como a gente se dar uma nova chance se, na primeira oportunidade, lembramos e nos maltratamos com incidentes que aconteceram em outra fase da vida em que éramos bem mais imaturos. Não é justo com nós mesmos. Uma pena que ela não consiga enxergar isso com a mesma clareza que eu.

Quem acredita que relacionamentos são bons o tempo todo está redondamente enganado ou ainda é bastante inexperiente nesse assunto. A verdade é que não tem que ser bom o tempo todo. Até porque se os relacionamentos sempre fossem um mar de rosas, como aprenderíamos a lidar com os espinhos? A harmonia de uma relação se encontra exatamente no ponto de equilíbrio entre as adversidades. Eu costumo dizer que a gente tem que correr atrás do arco-íris com o guarda-chuva em mãos porque é seguro que teremos muitas tempestades pelo caminho.

Sim, chega uma hora que cansa, não vou mentir. Francamente, eu já estive a ponto de desistir do nosso relacionamento algumas vezes. Quero dizer, desistir mesmo, porque terminar nós já terminamos uma porção de vezes, desde por motivos bobos (que durava alguns dias) até por extrema exaustão e desmotivação (que durou meses e foi o máximo de tempo que já ficamos separados). Mas nunca conseguimos ficar afastados por muito tempo, sempre nos falávamos. Não dá para arrancar uma pessoa da sua vida como se fosse um curativo usado e esperar que as marcas cicatrizem quase como por um milagre. Há muita intimidade, parceria e carinho envolvidos, independentemente de haver um relacionamento amoroso. Quando a raiva passava, sempre voltávamos a nos falar como quem não queria nada, mas no fundo, tenho certeza de que tanto ela quanto eu pensávamos o mesmo: é apenas uma questão de tempo até que estejamos juntos novamente. Sempre foi assim e acredito que sempre vai ser, porque sinto um calafrio na espinha sempre que penso na Alicia com outro homem. É errado, entende? Não é *para ser*. Ela tem que ficar comigo, o plano é esse. Desistir de nós dois é como "nadar, nadar para morrer na praia", é como desperdiçar todos os anos que investimos nosso amor no outro. Não afetaria só dois nós, mas também faria todos nossos amigos desacreditarem no amor verdadeiro.

    Alicia tem um temperamento muito difícil, é o tipo de pessoa que primeiro bate para depois perguntar, não vou mentir. Muitas vezes, criava situações na sua cabeça e vinha tirar satisfação comigo sobre o que ela mesma imaginou com quatro pedras na mão. Além do que, ela sempre queria tudo do seu jeito, foi uma garota muito mimada por seus pais e exige de todas as pessoas ao seu redor o mesmo tratamento que recebeu em casa. É por isso que ela não tem muito amigos. Tem umas amigas da faculdade, que são todas falsas e fúteis e passam o tempo inteiro falando das coisas que têm e das coisas que gostariam de comprar, mas não tem uma amiga sequer como o Mateus é para mim. Eu me sinto mal por ela por conta disso, queria que ela tivesse alguém para desabafar porque eu sei que nem sempre sou o ombro amigo perfeito que ela espera. Por isso, eu já disse a ela várias vezes que, se ela não mudar esse jeito mandão de ser, pode chegar o dia que nem eu mesmo vou aguentar mais porque não tem amor no mundo que sustente uma relação com uma pessoa muito controladora, que te sufoca, que vigia seus passos, e ela vai terminar sozinha. A culpa vai ser dela mesma.

Inclusive, conversamos sobre isso também. Não posso ser o único a me esforçar para fazer a relação dar certo novamente. Amor exige sacrifícios. Eu estou disposto a abrir mão de muita coisa por ela, menos da minha liberdade. Ela precisa aprender que tudo tem limite. Eu não quero morar com uma pessoa que vai mexer em meu celular enquanto eu estiver no banheiro. É um absurdo. Ela precisa confiar em mim, saber que é prioridade em minha vida e, de uma vez por todas, entender que quem procura, acha. Simplesmente porque qualquer coisa que ela vir com seus olhinhos cheios de maldade ela vai interpretar de uma forma errada e, pronto, será a terceira guerra mundial. Eu pergunto: para que fazer isso? Só para causar um inferno em nossas vidas? Se estamos de acordo em fazer de tudo para funcionar, temos que respeitar a privacidade e o espaço do outro. Amor requer que os dois saibam ceder.

Há muitos pontos em que a Alicia ainda precisa melhorar, mas a minha intenção não era apresentar um dossiê sobre a nossa relação, e sim fazer com que tenhamos uma nova chance. Então, eu não me estendi nas dificuldades e foquei no lado bom que vivemos, em que tudo que construímos juntos e nos planos que fizemos para o futuro. Porque amor é andar lado a lado, acertar o compasso dos passos com o outro, mas não tem garantias. Se nem sequer somos mais os mesmos daquele tempo em que acreditávamos ter todo o tempo ao nosso favor, onde podemos guardar a certeza deste sentimento? O amor é paciente, benevolente. Não é sobre a intensidade de um instante, as palavras ditas em seu auge nem as promessas ao pé do ouvido. O amor é baseado em como ele sobrevive à realidade.

O que mantém duas pessoas juntas, apesar dos desencontros e desavenças, é uma enorme paciência de lidar com os erros e uma invejável capacidade de perdoar. Amor é aprendizado, é crescimento. É poder dizer "apesar de tudo, ainda estamos aqui". Não tenho dúvidas que, assim como as outras vezes, nós iremos superar esse "tempo" em nosso relacionamento e isso nos deixará ainda mais próximos.

Tudo que eu precisava para que a Alicia percebesse isso era de um momento com ela como tínhamos antigamente, nos divertindo juntos, longe de todo mundo, em nossa bolha. Então, eu a surpreendi com o convite para uma viagem neste fim de semana. Reservei um hotel do jeitinho que ela gosta, com todas as regalias que ela tem direito e lhe disse que seria como uma pré-lua de mel. Ela relutou em aceitar, estava se fazendo de difícil, mas eu insisti que seria uma forma de reacendermos a paixão entre a gente, e se depois de passar o fim de semana inteiro comigo ela chegasse à conclusão de que não queira mesmo se casar, eu iria respeitar.

É claro que eu acho muito pouco provável que isso aconteça, mas eu queria que ela pensasse que eu não estava tentando lhe convencer de nada. Eu acredito, sim, que nós merecemos a oportunidade de nos reconectarmos como casal e iniciar uma nova fase em nosso relacionamento mais seguros da decisão de casar, mas eu não vou pressioná-la a ficar. Eu vou mostrar a ela que vale a pena ficar.

Depois de uma longa pausa, ela disse que sim e eu, finalmente, senti meu coração aliviado. Se ela não quisesse me ver nem pintado de ouro, não teria aceitado. Então, ela deve estar tão disposta e interessada a recomeçar como eu. Não será uma tarefa fácil, mas se estivermos unidos, vamos superar.

Para mim, o amor já venceu. Não foi tudo uma perda de tempo. Vou resgatar o nosso relacionamento, mostrar a ela que mereço outra chance. Mateus ainda será o nosso padrinho de casamento. De quebra, essa situação me ajudou a escrever mais porque meus sentimentos mais profundos vieram à tona e acredito que esse será meu melhor livro. ~~Bem que me disseram que um escritor escreve melhor quando está melancólico.~~

Tudo está alinhado conforme o plano inicial. Posso não ser o Príncipe Encantado, mas sou o cara mais sortudo de todos os caras sortudos no mundo.

Bônus: Sofia desapareceu da minha vida sem deixar vestígio, portanto não há a menor chance de nos atrapalhar.

CAPÍTULO XXI

"

O amor é o combustível que faz as engrenagens da vida a dois girarem em sincronia. Mas o amor também se transforma e amadurece, por isso é construído diariamente."

@samanthasilvany

> *Somente uma pessoa que se ama é capaz de ensinar aos outros como devem lhe amar."*

ELA

Não importa de qual lado a gente está, se foi a gente quem tomou a iniciativa ou se foi a gente que levou um pé na bunda, nunca é fácil terminar um relacionamento. Mas, pior ainda é terminar uma relação que *quase* se tornou um relacionamento sério, sabe? Eu quase namorei o Leo. Quase fui sua ex-oficial (se é que tem alguma vantagem nisso). É só uma nomenclatura, mas parece um xingamento ao meu valor, como se eu não tivesse sido boa o bastante para ser levada a sério, ainda que terminássemos do mesmo jeito por outros motivos.

Essas relações que ficam no meio-termo, que acabam antes de terem a chance de começar de verdade, pra mim são as mais difíceis de serem esquecidas. Minha teoria é de que isso acontece porque eu me apego aos "e se" da questão. "E se ele mudasse? E se eu tiver me precipitado? E se eu tivesse insistido mais um pouco? E se pudesse ser diferente?", e por aí vai. Claro que não é de propósito, mas eu fico tentando entender o que aconteceu e, no fim das contas, acabo me ferindo mais ainda. Quanto mais eu penso sobre isso, mais me perco em labirintos de ilusões que me levam para a única saída: aceitar o que aconteceu. Fim. Não é fácil encarar a realidade.

Como tenho uma vasta experiência em quase-namoros, eu já usei todo tipo de técnica para superar mais rápido e da forma menos dolorosa possível. *Alerta de spoiler:* nada funcionou. Acabei chorando só de calcinha centenas de vezes em posição fetal agarrada ao travesseiro? Sim. Já tomei muitos porres para tentar não pensar nisso, mas terminei mandando mensagem para o dito-cujo? Também. Já saí com outras pessoas para me distrair, mas terminei frustrada e achando que não iria conseguir ninguém melhor que o sujeito de quem eu estava tentando desapegar? Claro. Quem nunca fez isso? Foi um baita tiro no pé!

Para resumir a ópera, não existem atalhos para a superação. É cruel, eu sei. O que eu aprendi depois de seguir todo tipo de conselho, orar para todos os santos e até tentar algumas simpatias (não me orgulho, ok?) é que gente tem que se apegar a nossa consciência. Nada é mais importante do que estarmos em paz, e a única coisa que poderá nos impedir de ir atrás do cara quando a carência chegar sem pedir licença é sabermos o nosso valor.

Acontece que como a gente não tem noção do que é o amor-próprio até levar o primeiro fora, a gente aprende pelo caminho da dor. A sociedade nos ensina a amar o próximo, mas não a nós mesmos. Parece que se eu decido me priorizar, eu me torno egoísta, como se não fosse possível ter um relacionamento sem que eu precise estar submissa.

Meus pais nunca conversaram comigo sobre isso. Minha mãe se casou quando tinha a minha idade, ela vive dizendo que se até os 25 anos eu não encontrar um marido "não vai dar mais tempo". Então noventa por cento do tempo eu levo na brincadeira, rio e digo a ela que está exagerando, mas naqueles dez por cento em que eu estou fazendo das tripas coração para superar algum relacionamento frustrado, as palavras dela ressoam em minha mente e me dão medo. Parece que eu estou em uma corrida contra o tempo, como se meus ovários fossem congelar sozinhos quando eu fizer trinta anos.

Não soa absurdo que uma pessoa seja ensinada a buscar por toda a vida alguém para lhe completar, apesar de ela ter nascido inteira? Não faz sentido que quando sentimos falta de amor, vamos procurar no outro, e não em nós mesmas? Porque esse vazio que a gente sente, muitas vezes antes mesmo de começar a se relacionar com outras pessoas, é justamente o amor que não preenchemos pela gente, sabe? O outro não pode ser responsável por nos fazer feliz, por nos curar e por nos proteger; essa é a nossa parte. Ninguém pode fazer isso por nós em nosso lugar. É por isso que muita gente se frustra ao tentar encaixar outra pessoa em um espaço que só pertence a ela. Um relacionamento não deve ser a solução de todos os nossos problemas, e sim, uma forma de transbordar o amor que sentimos por nós mesmos para os outros. Se a gente não se ama, como vamos saber amar o próximo? Como vamos agir com ele da mesma forma que gostaríamos que fizessem com a gente se não aprendermos, primeiro, a nos respeitar?

Eu já cheguei a acreditar que o problema fosse comigo, que eu devia ter algo de muito errado ou talvez fosse uma pessoa muito ruim para não conseguir fazer alguém me amar ou simplesmente permanecer comigo. Eu já me culpei, assim como toda mulher que escuta desde pequena que precisa encontrar sua metade que falta. Mas eu percebi que os relacionamentos que a gente tem são reflexos de como nos sentimos por nós mesmos, então quanto mais eu acreditava que precisava me moldar, consertar e fazer milhares de sacrifícios para ser amada por outra pessoa, mais eu me distanciava da única pessoa que realmente tem a obrigação de me amar: eu mesma. Eu não devia estar preocupada em fazer de tudo para agradar outra pessoa ou fazer com que a nossa relação desse certo, minha prioridade deveria ser o meu bem-estar, a minha sanidade mental. Isso não é egoísmo, pelo contrário. Somente uma pessoa que se ama é capaz de ensinar aos outros como devem lhe amar. Se eu não for capaz de sentir amor por mim mesma para perceber quando estou em uma relação indigna, qualquer coisa que as pessoas me oferecerem eu vou acreditar que seja amor ou vou acreditar que seja o que eu mereço. Ou os dois. Sinceramente, não sei o que é pior.

Apesar disso tudo, eu não culpo meus pais por nunca terem conversado comigo sobre amor-próprio (porque eu sei que eles também não tiveram essa conversa com seus pais e assim por diante) nem por terem mantido um casamento de fachada por acharem que seria o melhor para mim. Eu entendo e valorizo a preocupação que eles sempre tiveram de me passar um bom exemplo, a imagem de uma família perfeitinha e estruturada, mas hoje, com a maturidade que a vida me trouxe, eu percebo que teria criado menos expectativas ilusórias se tivesse sido apresentada à realidade: pessoas ficam juntas quando há afinidade, quando se fazem bem e quando estão na mesma página. Isso pode durar alguns meses, anos ou até a vida inteira. Não é o compromisso nem a nomenclatura que definem o tempo da relação, é a capacidade dos envolvidos de se adaptarem às mudanças um do outro, à disposição e aos interesses em comum. O amor é o combustível que faz as engrenagens da vida a dois girarem em sincronia. Mas o amor também se transforma e amadurece, por isso é construído diariamente.

Se por acaso meus pais tivessem decidido seguir separados quando começaram a perceber que a relação estava insustentável, eles teriam me ensinado que a vida é feita de recomeços, que ela não acaba quando um relacionamento chega ao fim, ainda que tenha sido com o seu grande amor. Eu tive que aprender isso de qualquer forma. Aliás, eu ainda estou aprendendo, porque não vai ficando mais fácil conforme a gente amadurece, mas vamos nos superando e descobrindo que somos mais fortes do que imaginamos.

Eu achei que ia sofrer para sempre quando perdi alguém que eu amava pela primeira vez, mas passou. Eu achei que eu não ia superar quando terminei com alguém que eu amava, mas consegui. Eu achei que não ia esquecer quando fui rejeitada por alguém que eu amava, mas superei. Eu achei que não ia aguentar de tanta saudade ao ter que me afastar de alguém que eu amava, mas resisti. Eu achei que ia morrer por amor, mas eu cresci. E foi assim que eu aprendi que o amor nos ensina a recomeçar e reaprender a se apaixonar outra vez, especialmente por nós mesmos.

No entanto, ainda sou um ser humano de carne, osso e coração (e põe coração nisso) e por mais madura que eu tente ser, às vezes, dá vontade de se jogar no chão e ficar esperneando até as coisas mudarem. Sério. A vida é injusta.

Tenho percebido que o amor que a gente passa a vida buscando é praticamente uma permuta sentimental, é uma troca de afeto. Eu chamava isso de reciprocidade até entender que, na verdade, o amor genuíno é de graça. Ama-se pelo prazer de amar, e não porque quer se sentir amado pelo outro de volta. Quero dizer, todo mundo quer se sentir amado de volta, mas se a gente precisa cobrar que a pessoa nos ame, não é esse o caminho. Ou talvez não seja a pessoa certa. Ou os dois. Porque quando for a pessoa certa pra gente, o que ela estiver disposta a nos dar no sentido afetivo vai ser o suficiente. Talvez não seja exatamente o que a gente idealizava, talvez a forma que ela nos dê amor seja diferente da forma que nós damos amor a ela, mas está tudo bem, porque pessoas diferentes se expressam de formas diferentes. A gente tem que aprender a enxergar o outro como ele é, e não como a gente quer que ele seja. A questão é que essa pessoa disposta e interessada em nos dar amor não nos deixa dúvidas sobre suas intenções. Ela nos passa confiança.

Já nem conto nos dedos quantas vezes eu me vi apaixonada por uma pessoa, fazendo tudo por ela e dizendo para mim mesma que era amor o que eu sentia quando, na verdade, eu apenas queria ser amada, exatamente como a Alicia falou. Eu queria que aquela pessoa retribuísse o que eu estava fazendo nem que fosse por gratidão e agia como se ela tivesse uma dívida comigo. Eu estava sempre esperando dela alguma atitude, como uma recompensa, e medindo milimetricamente o que eu fazia e o que eu recebia. Eu tinha um medo danado de ser passada para trás, ser feita de trouxa e descobrir que estava fazendo muito por quem não valia nada.

Mas acontece que para amar é preciso se arriscar, verdade seja dita. O que significa que, sim, a gente pode se machucar, decepcionar e sofrer porque a gente literalmente entrega o nosso coração nas mãos do outro e, se o outro não tiver responsabilidade e cuidado, ele vai quebrá-lo em mil pedaços.

Vendo por esse lado, eu até entendo por que a grande maioria das pessoas prefere ter uma relação baseada em jogos de poder; elas querem se sentir no controle, como se isso pudesse evitar que elas sofram no final. *Alerta de spoiler*: não evita. Para ser sincera, acredito que isso traz ainda mais sofrimento porque desgasta muito a relação ficar competindo um com o outro. Parece que você nunca tem paz e seu amor é também seu principal inimigo. Deus que me livre!

Então, o que sobra em nós quando tudo chega ao fim? A consciência tranquila. A certeza de que agimos de acordo com a nossa verdade, que seguimos o nosso coração e que estávamos por inteiro com as pessoas que nos envolvemos. Não estávamos buscando uma metade para nos completar, e sim, alguém que nos fizesse transbordar. É sentir uma paz imensa em saber que fomos verdadeiros do início ao fim, independentemente de como o outro tenha sido conosco. Eu sei que parece pouco se compararmos com os sonhos em que a gente encontra uma alma gêmea e somos felizes para sempre, mas não é. É o bastante. É tudo que a gente precisa pra seguir em frente. Sei disso porque há muitos altos e baixos neste processo e a única maneira de não surtarmos é se a gente realmente aprender a se amar.

Por exemplo, só nessas últimas duas semanas, eu tive um sonho bom com o Leo que me fez acordar angustiada de saudade. Eu respirei fundo e disse para mim mesma que eu não estava sentindo falta dele, mas da pessoa que eu gostaria que ele fosse ou da pessoa que eu achava que ele era antes de descobrir a verdade, o que dá praticamente no mesmo. Também tive que entrevistar cerca de vinte casais super-hiper-mega-apaixonados para escrever sobre os Impactos da Era Digital nos Relacionamentos Modernos para a minha coluna e, como estou em uma fase desapego, eu senti meu estômago embrulhar com tanto romantismo exagerado. Eu juro que pensei em alertá-los sobre como é fácil ser otimista quando se está no auge da paixão, mas percebi que, na verdade, eu estava recalcada e me contive. No fundo, tudo que eu mais quero é me sentir como eles novamente.

Por fim, mas não menos importante, agora que a Vanessa e a Alicia se reaproximaram, elas vivem juntas pra cima e pra baixo, como unha e carne. Não que eu esteja reclamando. *Eu não estou reclamando*. Eu estou feliz por elas, é sério. Mas não vou negar que sinto *um pouco* de falta da minha melhor amiga. Não que ela tenha se afastado de mim. *Ela não é louca de fazer isso*. Mas é uma situação delicada e ela está no epicentro. Eu não quero falar sobre o Leo, porque quanto mais eu falo, mais difícil se torna esquecê-lo. Eu sou o tipo de pessoa que quando põe na cabeça que vai superar, finge que a outra pessoa morreu. Ok, talvez não seja muito maduro da minha parte, mas funciona para mim. Eu evito ver as redes sociais, evito lugares em que posso encontrá-lo e se eu tiver até que evitar ouvir músicas que me façam lembrar dele ou da gente, com certeza, eu o farei. Também apaguei todas as mensagens e bloqueei o contato porque não sou obrigada a nada. Não estou nem aí para o que ele vai pensar de mim, a minha prioridade agora é proteger meu coração até que ele esteja curado. Talvez seja culpa do meu signo (cancerianos têm a péssima reputação de guardar rancor), mas eu só vou falar sobre ele quando eu tiver perdoado o que aconteceu. Não que eu não tenha perdoado ele. *Eu já perdoei.* Mas quando eu digo "perdoar", eu me refiro a tudo: perdoar a mim, perdoar a relação, perdoar que não tenha acontecido como eu esperava etc. É um processo e eu ainda estou digerindo o que houve.

 Já a Alicia não tem outro assunto com a Vanessa que não seja o Leo e o relacionamento deles, até porque se está difícil para mim que *quase* fui sua namorada, imagina para ela que foi sua noiva. E a Vanessa é o tipo da amiga que não sai do seu lado quando você está na fossa, ela é capaz de se mudar para a sua casa só para garantir que você não vai voltar correndo para o seu ex quando sentir saudades. Ela já chegou ao ponto de trocar na minha agenda de contatos o número do sujeito que eu estava apaixonada pelo seu próprio número para me pegar no flagra, caso eu decidisse mandar uma mensagem. E funcionou. Na época, eu fiquei com ódio por ela ser tão intrometida, mas depois eu agradeci a ela por ter me poupado de passar por essa humilhação de correr atrás de um macho escroto. Ou seja, eu sei bem o que ela é capaz de fazer por suas amigas, e isso é uma das coisas que eu mais admiro nela.

 Acontece que eu continuo sendo sua melhor amiga e a pessoa com a qual ela desabafa, então ela sem querer soltou que o casamento da Alicia e do Leo não havia sido cancelado e eu não consegui disfarçar minha cara de espanto. Eu tentei me controlar, eu juro, mas, desculpa mundo, não sou um ser tão evoluído assim para não ter nenhum pingo de curiosidade. *Eu precisava saber o que houve.* Então, eu perguntei uma, duas, talvez dez vezes (mas quem estava contando, não é mesmo?) até ela contar o babado inteiro.

— Tudo bem, você venceu. Mas só porque eu estou precisando mesmo falar sobre isso e você não vai se magoar por ouvir, *certo?* — Vanessa me disse.

— Te dou minha palavra. Estou ciente e desejo continuar. Eu já superei, eu juro — eu menti, mas foi por uma boa causa. Talvez saber disso fosse justamente o que me faltava para esquecer ele de vez.

— Tá certo. Bom, é o seguinte: fim de semana passado, eles viajaram juntos.

Eu tentei controlar cada músculo do meu rosto para que ela não percebesse que eu estava em choque.

— O que me deixou bastante preocupada porque, longe de todo mundo... — ela continuou.

— Ou longe de você... — eu interrompi.

— Sim, tanto faz! A questão é que estando só eles dois em uma viagem super-romântica há grandes chances de o Leo fazer uma lavagem cerebral nela e convencê-la a aceitá-lo de volta mais uma vez.

— Você não está exagerando *um pouco?* Alicia já é bem grandinha para saber o que é melhor para ela. Se ela voltar com ele depois de tudo, talvez, seja porque ela realmente queira estar com ele — eu disse.

— O problema, Sofia, é que a maioria das pessoas que vive uma relação tóxica e abusiva não enxerga o que está vivendo, não aceita, não quer acreditar que isso possa acontecer com ela. Então, parece que ela está fazendo uma escolha consciente de continuar "por amor", mas na verdade ela apenas já não se lembra como se amar a ponto de saber que merece mais do que isso. Muitas vezes, ela já se diminuiu tanto para não perder a pessoa que essa é a única referência de "amor" que ela tem, entendeu? Sem falar que, quando o cara é manipulador como o Leo, ele sabe exatamente o que dizer e o que fazer para desdobrar a pessoa e ainda fazer com que ela pense que a ideia foi dela!

— Nossa, parece coisa de novela...

— Pois é mais comum do que você imagina, infelizmente.

— Mas você não podia ser babá dela e impedir que ela viajasse com ele.

— Eu sei, mas o meu papel como amiga é tentar abrir os olhos dela, avisar do que pode acontecer se ela ceder à tentação e mostrar que eu estou ao lado dela, não vou abandoná-la e se ela precisar que eu vá buscá-la no meio da noite do outro lado da cidade, eu vou! E foi isso que eu disse. Tivemos uma longa conversa sobre todas as possibilidades, o melhor e o pior que poderiam acontecer e tudo o que já rolou entre eles. Quando eu te digo que você não foi o pivô do término, eu falo sério. Não digo isso só porque sou sua amiga, mas porque muita coisa aconteceu para desgastar a relação bem antes de você aparecer, além do que, quem traiu foi ele e não tem justificativa pra isso.

— E ela disse o quê?

— Disse que sabia de tudo isso, mas querendo ou não, passou a sua vida inteira com ele e tinham feito muitos planos juntos e ela ainda estava tentando se ver sem ele, o que não era um processo fácil. Mas acreditava que deveria esgotar as alternativas e que essa viagem, talvez, pudesse esclarecer muitas dúvidas que ainda tinha em seu coração.

— E como foi? A que conclusão ela chegou?

— Pois é, eis a questão. Ela não me falou mais nada. Eu a procurei algumas vezes essa semana, mas ela disse que estava ocupada e que me retornava mais tarde. Sendo que esse "mais tarde" nunca chegava. Aí liguei para a casa dela e quem atendeu foi minha tia, que já foi logo perguntando se eu iria para o casamento porque eu não havia confirmado o convite ainda, e eu entendi tudo.

— Meu Deus... Eu não sei nem o que dizer. Você vai mesmo, afinal?

— Agora você imagina como eu me sinto! Eu vou. Estarei ao lado dela, mesmo que não apoie a decisão.

De uma coisa eu tenho certeza: nada se compara à sensação de alívio de quando o tempo confirma que fizemos a escolha certa. O término da minha história com o Leo foi, sem dúvidas, um baita livramento. Não tem nada mais valioso do que ter a consciência em paz.

CAPÍTULO XXII

"

A pessoa certa para você não vai embora. Não há motivos para se preocupar."

@samanthasilvany

> *A gente sabe melhor do que ninguém que casamento não é sempre um conto de fadas e por isso a gente se pergunta por que escolhemos, dentre sete bilhões de pessoas no mundo, logo essa, para construir um futuro ao lado."*

ELE

Eu nunca fiz grandes planos para o nosso casamento. Acho que são as mulheres quem sonham com cada detalhe desde crianças e seria até ofensivo da nossa parte se não deixássemos que elas decidissem.

Na minha humilde opinião, há formas mais inteligentes de gastar dinheiro do que em uma cerimônia, como: viagens, imóveis ou investir em uma reserva que garanta um futuro protegido aos filhos que pretendemos ter etc. A tradicional festa de casamento é um ritual arcaico em que a última prioridade é o amor entre os noivos, sejamos francos. A festa é feita para agradar às famílias e fazer com que nossos pais se sintam orgulhosos por terem nos criado da forma correta. Serve para nos validar como um "casal crescido e responsável" diante da sociedade. Eu não sou contra o casamento em si, mas se o compromisso fosse o foco, nós apenas assinaríamos os papéis com meia dúzia de pessoas presentes. Então, a festa é para os convidados, e não para os noivos.

No entanto, eu entendo que realizar um Casamento de Princesa é uma vontade bem antiga da Alicia, por isso eu deixei que ela resolvesse tudo e não reclamei de nenhuma das suas sugestões, por mais caras ou desnecessárias que fossem. Algumas vezes, a minha vontade de agradá-la era tanta que até foi vista como falta de interesse, mas, francamente, eu não consigo ver a diferença entre um arranjo de orquídeas e um arranjo de copos-de-leite se ambas são flores brancas, então de que valeria minha opinião? Portanto, eu não tinha grandes expectativas de como seria a decoração, o *buffet*, a trilha sonora e todas as outras despesas que inventam para que um casamento seja mais caro do que comprar um apartamento.

O que realmente me importava, desde o princípio, é que eu subisse ao altar com a mulher certa para a minha vida, que eu não fosse me arrepender depois, assim como o meu pai, que já teve três casamentos e traiu todas as esposas e, segundo ele, ainda não encontrou a pessoa certa ~~por isso continua tentando~~. Eu, não. Eu queria dar um tiro que fosse certeiro, ter convicção da minha decisão para que eu não precisasse buscar em outras pessoas o que faltava em meu casamento.

Sendo assim, em minha defesa contra o que chamavam de desinteresse, eu apenas estava concentrado em prioridades bem diferentes das de Alicia antes da cerimônia. O que se tornou uma surpresa bem agradável, para ser honesto.

Eu realmente estou impressionado.

Decidimos realizar o casamento no *Antic Gran Casino* de Barcelona (uma das poucas decisões das quais fui participativo), uma majestosa construção do século XIX, com um jardim imenso e fontes na entrada, que antigamente costumava ser o maior cassino da cidade. Hoje em dia é um espaço para eventos clássicos e luxuosos, como eles se definem, e não deixam a desejar.

A cerimônia é na área externa, onde montaram o altar estrategicamente posicionado para que, no momento do "sim", tenha o contraste do pôr do sol com as flores e as fotos saiam perfeitas. ~~Pelo menos foi isso que nos disseram para que comprássemos o pacote completo.~~ Quando Alicia viu as fotos de outros casamentos que foram realizados aqui, eu já me dei por vencido. Ela ficou encantada. Confesso que pessoalmente é ainda mais bonito porque, francamente, eu tinha minhas dúvidas se um arco de flores no altar não seria excessivo. O meu gosto é bem diferente do de Alicia. Para mim, quanto mais simples, melhor. Para ela, quanto mais holofotes, melhor. Portanto, acredito que a decoração esteja do jeito que ela sonhou. Mal posso esperar para ver sua reação, ela vai ficar tão emoci...

— Ainda dá tempo de fugir — Mateus me fala por cima do ombro interrompendo meus pensamentos.

— É tarde demais, parceiro — eu respondo com convicção.

— Sei não, hein? Com essa cara de ressaca que você está, tudo pode mudar! — ele debocha.

— Imagina se eu tivesse te dado ouvidos depois de termos sido expulsos do terceiro bar ontem à noite? Eu não ia ter condições de me levantar hoje!

— Como seu padrinho e melhor amigo, era minha obrigação te preparar a melhor despedida de solteiro de todos os tempos, uma noite épica com tudo que você tinha direito para te mostrar do que você está abrindo mão. Quem sabe você não mudaria de ideia? Eu tinha que tentar!

— Ah. Muito gentil da sua parte. Tenho mesmo muita sorte. Mas da próxima vez que for fazer isso para alguém, só uma sugestão: avisaria a pessoa antes. Não precisa revelar todas as surpresas, mas só avisa como vai ser para que o cara possa ao menos colocar uma roupa decente, e não terminar a noite em uma boate de stripper vestindo um moletom da Marvel — eu cochicho para ele.

— Mas assim não teria tanta graça! A sua cara foi impagável. — Ele ri ainda mais. — Valeu todo o trabalho que deu organizar a despedida com os caras.

— *Psiu!* Fala baixo. — Eu o repreendo com o dedo na boca. — À propósito, seu plano teve efeito contrário. Não tenho nenhuma dúvida de que quero me casar agora porque, francamente, estou velho demais para essa vida de solteiro que vocês levam.

— Tudo bem, então. Minha parte eu já fiz. Se você quer seguir com isso, não se preocupe, continuarei do seu lado. Sempre. — Mateus estende a mão e me puxa para um abraço.

Nem eu sabia o quanto precisava do seu apoio agora, estou tentando ser forte, mas meu coração nunca esteve tão acelerado, minhas mãos estão suando frio. À medida que vou reconhecendo os rostos das pessoas que estão sentadas de frente para o altar, sinto um calafrio na espinha e minhas pernas bambearem.

Ninguém, nem mesmo o Mateus, faz ideia do que eu e Alicia passamos para chegar aqui. Hoje eu entendo que a pessoa certa para você não vai embora. Não há motivos para se preocupar. Termos superado cada obstáculo e hoje podermos reunir todas as pessoas mais queridas para nós, as pessoas que mais amamos, as pessoas que acompanharam uma parte da nossa história e torceram por nós, é a prova de que o amor vence tudo. Pensando por esse lado, até reconsidero o valor gasto na cerimônia. Não posso negar que tem o lado bom. Essas pessoas não vão apenas presenciar o compromisso e a união de duas pessoas, mas o início de uma única vida.

A cerimonialista me avisa que a noiva está atrasada. Será que corre o risco de ela não vir? Pode ser que a demora seja devido ao seu nervosismo e, talvez, alguém esteja acalmando-a. Para minha sorte, minha sogra é louca por mim, sempre esteve ao meu lado, até mesmo Alicia já reclamou de seu favoritismo algumas vezes, então se elas estiverem juntas, eu sei que ela vai trazer a Alicia nem que seja arrastada pela grinalda. Ela já disse várias vezes para a Alicia na minha frente que se ela perder um homem como eu, nunca mais vai encontrar outro. Imagina o que ela não diz pelas minhas costas? Ela tem medo que a Alicia desperdice a chance da sua vida de ter um bom casamento e termine sozinha como a própria mãe, verdade seja dita. Logo, ela não é apenas minha fã, é minha aliada.

De repente, a banda começa a tocar "A Thousand Years", os convidados ocupam rapidamente seus lugares e alguém me diz "ela chegou", mas não consigo identificar quem foi a voz porque nesse momento eu preciso me concentrar na minha própria respiração. Inspira em 1, 2, 3… Expira em 5, 4, 3, 2, 1… Inspira em 1, 2, 3…

Vejo Alicia se aproximando, sei que está caminhando devagar, mas para mim está em câmera lenta porque nunca a vi tão bonita. Uau! Um caminho que poderia ser percorrido em dois minutos parece o tapete vermelho do Oscar, a cada passo flashes vindos de toda direção. Ela está deslumbrante em um vestido tomara que caia que se ajusta perfeitamente às suas curvas e sorri para os convidados como a Princesa Diana faria. Ela deve ter ensaiado essa entrada impactante centenas de vezes se a conheço bem.

Quando ela chega mais perto de mim, percebo que seus olhos estão marejados e tenho que conter minha própria vontade de chorar. Eu já vi essa cena, como espectador, uma porção de vezes, mas nunca passou pela minha cabeça que estar do lado de cá fosse como se engasgar com um novelo de lã.

Ajusto minha gravata para aliviar o incômodo. O clima de comoção é geral, a equipe distribui lencinhos aos convidados e nossos pais já estão aos prantos.

O discurso da celebrante se inicia e todos ficam em absoluto silêncio, atentos a cada palavra que desenha a nossa história como um filme. Francamente, eu só consigo pensar em meus votos e agradeço por ter trazido uma cola do que dizer, que está no bolso do meu terno, porque se depender da minha memória, agora eu não lembro nem sequer do meu nome completo.

Alicia não desvia os olhos dos meus e noto seus lábios trêmulos.

Eu respiro fundo, tento não pensar sobre todas as pessoas que estão nos assistindo e tiro minha cola do bolso. Já dei palestras para mais de duzentas pessoas sobre escrita criativa e já li trechos do meu livro em saraus, não me considero um cara tímido. Desde que seja a trabalho. Estar aqui diante de cem pessoas que me conhecem tão profundamente é sem dúvidas muito mais aterrorizante.

Está tocando "A Thousand Years" novamente em um solo de piano, é o momento de começar, mas o nervosismo me faz gaguejar nas primeiras palavras e preciso de mais um instante para me recompor.

— Alicia... A gente sabe melhor do que ninguém que casamento não é sempre um conto de fadas, e por isso a gente se pergunta por que escolhemos, dentre sete bilhões de pessoas no mundo, logo essa, para construir um futuro ao lado. Hoje eu quero dizer para todo o mundo os motivos pelos quais eu quero passar o resto da minha vida com você. Porque você é a mulher mais encantadora que eu já conheci. Porque você tem um sorriso irresistível e contagia todos a sua volta. Porque minha família te ama. Porque você ama minha família como sua desde que se conheceram. Porque você não tem papas na língua. Porque você sabe pedir desculpas quando fala demais. Porque você faz questão de ser a mulher mais alta do ambiente. Porque você tem o coração maior ainda. Porque não há nada que você não consiga fazer e, mesmo assim, você sempre me pede ajuda para abrir o pote de azeitona. Porque você acha que a Transilvânia foi inventada por causa do Drácula, e eu prometi que te levaria lá. Porque você sabe perdoar e eu aprendo com você todos os dias. Porque você conhece os meus defeitos melhor do que eu mesmo. Porque você me ensina a ser mais amoroso com seu exemplo. Porque eu te ensino a não ser perfeita e nós crescemos juntos. Porque mesmo com todos meus erros, você nunca desistiu de mim. E, mesmo com todas as suas fases, eu nunca desisti de você. Porque você é minha melhor amiga. Porque você é amor da minha vida. Porque você é a melhor parte de mim. E porque, a partir de hoje, seremos, enfim, um só coração.

Somos envolvidos por uma onda de aplausos, soluços e risadas, tudo ao mesmo tempo, e eu respiro aliviado por ter cumprido o meu papel. Lágrimas escorrem pelo rosto de Alicia e ela tenta conter com um lencinho para não borrar a sua maquiagem. A cerimonialista lhe entrega seus votos escritos em um papel, ela pede um minuto a todos os convidados, que continuam a nos aplaudir, fecha os olhos e inspira para, só então, começar a ler.

— Sempre quis um cara que me aceitasse por quem eu sou, com todas as minhas chatices, que me trouxesse paz quando eu estivesse em guerra comigo mesma, que me trouxesse conforto quando eu me sentisse insegura. Então, eu te conheci e você não era nada disso. — Todos riem e ela faz uma pausa. — Mas você era a pessoa mais dedicada que eu já conheci e, depois de alguns ajustes, se encaixou perfeitamente em mim. É o sonho de toda garota achar seu Príncipe Encantado, e eu tive sorte de encontrar o meu ainda no colégio. Você virou minha vida de cabeça para baixo. Você despertou em mim sentimentos que eu nunca havia sentido antes. Você já me fez chorar de alegria, de tristeza, de saudade e de raiva. Você me mostrou que em uma vida a dois é possível ter incontáveis recomeços. Você me fez descobrir quem eu sou. Você me ensinou tudo que eu sei sobre o amor. Eu te amei pelo quanto você quis mostrar que eu era dedicada pra sua mãe, mesmo sabendo que ninguém jamais tomaria o lugar dela. Eu te amei pelas vezes em que você disse o quanto eu era linda para o seu pai, me fazendo sentir como um troféu, o melhor deles, o que você mais se orgulhava. Eu te amei por todas as vezes que você me mimou, me fez sentir especial e insistiu em não sair do meu lado, quando nem eu mesma me aguentava. Você sempre será o meu primeiro amor e ninguém jamais poderá substituí-lo. Eu sei que vou te amar por toda minha vida, seja como for.

Os convidados estão de pé, os aplausos são tantos que mal podemos ouvir a música. Eu a envolvo em meus braços, seu rosto está próximo ao meu coração, que não desacelera o compasso, meu queixo está sobre sua cabeça e eu fecho os olhos para guardar este momento em minha memória, quando nos tornamos um só diante das pessoas mais importantes para nós.

Após alguns instantes, o celebrante, então, nos faz a pergunta que, desde quando lhe propus já teve o poder de mudar nossa vida e agora, mais do que nunca, poderá definir como será todo o resto da nossa história.

— Leonardo Narciso, você aceita Alicia Bogarim como sua legítima esposa, promete ser fiel, amá-la e respeitá-la na alegria e na tristeza, na saúde e na doença, na riqueza e na pobreza, por todos os dias da sua vida até que a morte os separe?

— Sim. Desde sempre e para sempre — eu respondo sem tirar os olhos dela.

— Alicia Bogarim, você aceita Leonardo Narciso como seu legítimo esposo, promete ser fiel, amá-lo e respeitá-lo na alegria e na tristeza, na saúde e na doença, na riqueza e na pobreza, por todos os dias da sua vida até que a morte os separe?

Alicia sorri para mim sem mostrar os dentes e olha a sua volta, a expectativa nos rostos de cada um dos presentes, especialmente da sua mãe que está ao seu lado e que sorri para ela com ternura.

— Não... sinto muito.

Eu estou paralisado, mas tudo ao meu redor está girando e os convidados começam a cochichar entre si.

— Eu não posso fazer isso. Eu não posso viver pelo resto da minha vida sendo o que os outros esperam de mim. Eu não posso ser previsível e conhecida para você e uma completa estranha para mim.

— Você não pode estar falando sério... — eu a repreendo, mas ela continua.

— Eu não posso, pelo resto da minha vida, adaptar a minha insegurança aos seus defeitos nem me moldar para ser a esposa perfeita para você. Eu não posso ser pelo resto da minha vida, literalmente, o seu troféu e permanecer à margem de mim mesma.

— Alicia, pelo amor de Deus, está todo mundo olhando. Não é o momento para mais de seus chiliques! — eu digo entredentes, mas ela me ignora.

— Não me leve a mal, não tenho qualquer intenção de te ofender. Já passei da fase de te responsabilizar pelas minhas próprias escolhas e por tudo que vivemos sinto uma gratidão imensa, de verdade.

— Ah. É mesmo? — falo em tom de deboche, mas ela não se intimida.

— Obrigada pelos maravilhosos anos de alegrias e desavenças. Por ter feito tudo conforme manda o figurino do Príncipe Encantado, sem tirar nem pôr. Obrigada por ter sido um exemplo fiel de namorado infiel e por ter me ensinado que é possível, sim, perdoar uma traição porque o arrependimento faz uma pessoa mudar suas atitudes. Mas não muda o seu caráter. Obrigada por ter me ensinado que ninguém pode me conhecer, me amar e cuidar de mim melhor do que eu mesma. Se não fosse por você, eu ainda acreditaria em contos de fadas. Por tanto, obrigada. Mas eu não posso mais ser o amor da sua vida, porque hoje eu sou o amor da minha.

Ela me dá as costas, eu seguro seu braço e digo com autoridade:

— Você não vai me deixar aqui.

— Você já me segurou por nove anos, Leo. Me deixe ir.

Eu a solto por puro reflexo, ela agarra a cauda do vestido e sai correndo antes que sua mãe a impeça. A cerimonialista se aproxima de mim, consternada, sem saber o que fazer, e eu lhe dou as instruções em voz baixa, pois todos estão me olhando.

— Nós pagamos uma fortuna para você, resolva isso.

Eu vou embora a passos rápidos e não dou ouvidos ao Mateus, que vem logo atrás de mim. Já chega! Alicia armou todo esse circo para me fazer de palhaço na frente de todo mundo. Ela é a única vilã dessa história.

CAPÍTULO XXIII

"

Há uma diferença imensa entre uma pessoa que te procura porque gosta de você e uma pessoa que te procura porque é conveniente a ela. Quem te valoriza não fica dando desculpas."

@samanthasilvany

> *Às vezes, a pessoa não é ruim e nem age com a intenção de te fazer mal, mas ela é egoísta, age a seu bel-prazer e não se põe no lugar dos outros, e isso para um relacionamento é fatal.*

ELA

— Você já está sabendo? — Vanessa me perguntou em tom de entusiasmo ao telefone.
— E como não? Está por toda internet!
— Está mesmo, não é? — Ela riu satisfeita. — Eu não imaginava que fosse viralizar tão rápido!
Como assim? Foi você quem vazou o vídeo?!
— Sim, mas a Lica não sabe ainda. Eu queria que ela visse como foi forte e empoderado seu discurso caso se arrependesse depois, sei lá, então coloquei no YouTube "Noiva abandona noivo no altar com discurso impactante", e da noite para o dia já tinha mais de dez mil visualizações! A hashtag #NoivaEmFuga logo foi parar nos *trending topics* do Twitter! As pessoas estão comentando que a decisão dela de ser o grande amor da própria vida inspira muitas mulheres a fazerem o

mesmo e não casarem por pressão social ou comodismo. Não demorou muito para que os fãs do Leonardo descobrissem seu pseudônimo. Privacidade é uma coisa que não existe mais hoje em dia. Logo, começaram a surgir vários *prints* de conversas entre ele e suas fãs nitidamente flertando. Elas não faziam ideia de quem ele era de verdade e muito menos que fosse noivo e se sentiram enganadas, então ele foi desmascarado em pú-bli-co! Foi babado! Todas as páginas de fofoca estão compartilhando a notícia. Ele ficou tão apavorado com o excesso de mensagens que desativou todas as suas redes sociais e sumiu. Já a Lica, desde que descobriram que ela é a protagonista da cena, está recebendo milhares de mensagens de apoio e ganhando a admiração de muitas mulheres que se sentiram vingadas por ela, dá para acreditar?

— Eu fiquei arrepiada com o vídeo! Não me admira que tenha tido tanta repercussão. Alicia deu uma lição no Leo com classe! Uma mulher que se valoriza inspira outras mulheres.

— Exatamente como você fez, Sofia, você tem noção disso? Se não fosse por ti, o final dessa história provavelmente seria o homem-branco-hétero-padrão, mais uma vez, saindo impune pelos erros que ele mesmo cometeu, enquanto as mulheres continuam se digladiando pela afirmação social de que elas têm valor. Imagina que, se você não tivesse dado o primeiro passo em direção ao seu amor-próprio e escolhido a sua verdade em vez de um relacionamento medíocre, a Lica poderia até hoje não ter consciência da relação indigna que ela tinha. Foi o seu exemplo que inspirou ela a buscar algo melhor para si mesma. Não tem nada mais tosco do que ver mulheres brigando por causa de macho, eu hein. Ainda bem que vocês se livraram!

— É, tem razão... Obrigada por me lembrar disso! Chega me dá um alívio. Mas, vem cá, você acha que ele vai mudar depois disso?

— Olha, sinceramente, eu acho que não. Eu acredito na mudança das pessoas, sim, mas elas têm que querer, né? "Querer" que eu digo não apenas da boca para fora, mas no caso dele, por exemplo, seria reconhecer que ele está numa posição de privilégio simplesmente porque é homem e padrãozinho e abrir mão desse privilégio para ter uma relação honesta e de entrega, entende? Porque tudo que ele fez foi tentar manter o controle. Em nenhum momento ele pensou sobre como vocês se sentiam, ele só pensou em se dar bem mesmo que fosse à custa do emocional e psicológico das duas. Ou seja, ele ainda está muito longe de mudar essa mentalidade e, por consequência, a forma como ele se relaciona, no meu ponto de vista. Foi o que eu disse para a Lica: às vezes, a pessoa não é ruim e nem age com a intenção de te fazer mal, mas ela é egoísta, age a seu bel-prazer e não se põe no lugar dos outros, e isso para um relacionamento é fatal. Até porque para um homem-branco-hétero-padrão se colocar no lugar dos outros, ele é obrigado a sair de sua posição de privilégio social e se tornar vulnerável, perder o controle, poder ser decepcionado, ferido etc. É preciso ter coragem para se relacionar e muita gente, independentemente da idade, ainda é covarde. Mas eu torço de todo coração para estar errada e que ele realmente consiga aprender com essa situação porque se depois de ser largado no altar o sujeito não for capaz de pôr a mão na consciência, eu tenho dó!

São momentos como esse que me fazem repensar sobre o que aconteceu e, de repente, eu consigo ligar os pontos de todas as escolhas que fiz e perceber que o melhor para mim nem sempre é o que eu desejava tanto.

Eu me lembro de todas as noites em que rezei antes de dormir pedindo aos céus para que o Leo me assumisse e me priorizasse, porque, naquela hora, aquilo era tudo que eu mais queria, e todas as vezes que me frustrei e me senti abandonada por pensar que não era atendida, como se eu fosse injustiçada ou, sei lá, azarada mesmo, sabe? A típica garota com dedo podre que não acerta nem uma vez sequer. E agora, olhando para trás, eu não mudaria nada. Porque não era a minha história de amor, não era o que eu merecia. Era o que eu achava que me faria feliz, mas não o que realmente pudesse me trazer felicidade, simplesmente porque eu estava buscando nele o amor que eu não encontrava em mim.

Agora me parece tão óbvio que eu até me pergunto como não vi isso antes, ou se não teria uma forma mais fácil para aprender que não doesse tanto, mas se tivesse sido diferente, talvez, eu não conseguisse enxergar com tanta clareza que foi o melhor para mim ou apenas aceitar que aconteceu como devia acontecer. Porque tem muita gente que não quer aceitar que não tenha acontecido como gostaria, que continua se culpando por não ter conseguido e culpando o outro por não ter correspondido suas expectativas. Tem muita gente que insiste no sofrimento, que fica remoendo e vivendo de passado porque acha que seguir em frente vai ser muito mais doloroso, já que significa que você terá que dar uma lição em seu próprio ego para mostrar quem manda e que ele não vai poder ter tudo o que quiser. Mas, na verdade, essa gente acaba se boicotando, porque se não tiver humildade para aprender com as perdas, as desilusões e os erros, a vida vai continuar tentando ensinar (às vezes de maneiras ainda mais dolorosas) como se desapegar de sentimentos, pessoas e situações para que ela possa fluir.

Cresci ouvindo que ninguém cruza o nosso caminho por acaso, que a vida nos une às pessoas com quem temos um propósito em comum e que tudo acontece por uma razão, mas confesso que eu nunca dei a devida atenção a esses clichês; entrava por um ouvido e saía pelo outro. Eu era imatura demais para entender a diferença entre "não ser por acaso" e "ser especial". Aprendi a duras penas que embora exista uma razão para atrairmos certas pessoas para nossa vida não significa que elas estejam destinadas a ficar com a gente ou a exercer o papel que nós designamos para elas.

Os relacionamentos não existem para nos satisfazer, não giram em torno das nossas expectativas, das nossas vontades e do que idealizamos para nós mesmos. Então ter um bom relacionamento com os outros é também uma consequência do relacionamento que temos com nós mesmos, porque essa é a relação mais longa e importante da nossa vida e temos que aprender a respeitá-la. As relações com os outros muitas vezes servem para nos mostrar como nos sentimos sobre nós mesmos e, talvez, a gente não saiba perceber. Às vezes, os conflitos que temos com os outros são parte dos nossos próprios conflitos internos. Por exemplo, o ciúme é causado, muitas vezes, mais por uma insegurança nossa que permitimos que nos controle (e até mesmo nos faça perder a cabeça) do que por uma provocação proposital do outro.

Dito isso, a minha relação com o Leo, que tinha tudo para ser uma grande perda de tempo, foi, na verdade, um divisor de águas em minha vida. Eu repensei sobre tanta coisa, desde a falta que eu sempre senti de alguém que nunca tive até os sonhos que tenho desde pequena e que achava que fossem exclusivamente meus, mas hoje percebo que foram os planos que fizeram para mim.

Eu amadureci tanto porque, uma vez que consigo enxergar que o medo de ficar solteira, a angústia de não ser boa o bastante ou não ser considerada uma "mulher namorável" e a sensação de incompletude que sempre me acompanharam (e que eu via como meus problemas) são uma das consequências da sociedade em que vivemos que, infelizmente, ainda não enxerga homens e mulheres da mesma forma, eu me livro dessa culpa por não ser perfeita. Eu tiro das minhas costas o peso de que eu preciso ser a Mulher Maravilha: bem-sucedida profissionalmente, dar conta de cuidar da casa e dos filhos, bancar a esposa perfeita, estar em forma e cuidar da minha aparência, ser brilhante, genial e multitarefas. *Eu não preciso ser nada disso.* Eu posso ser o que eu quiser, é meu direito e minha responsabilidade descobrir o que me faz feliz.

Eu ainda quero viver um amor verdadeiro e tenho o desejo de me casar, sim, mas eu não quero me precipitar. *Eu não preciso ter pressa.* Eu quero poder estar sozinha pelo tempo que me convir e estar em paz comigo mesma por isso. Eu quero me relacionar com alguém que demonstre estar disponível, disposto e interessado em mim, porque isso para mim é o que significa ser "a pessoa certa".

- Disponível: que não esteja envolvido emocionalmente com outra pessoa e, muito menos, compromissado com outra pessoa, pelo amor de Deus.
- Disposto: que eu não seja a única a ceder e me esforçar para fazer dar certo.
- Interessado: que me valorize e demonstre.

Eu sei que não existem pessoas perfeitas e sei que não vou encontrar alguém que seja tudo que eu sempre idealizei, sei que não posso cobrar de ninguém que me ame como eu quero ser amada, porque isso também não é amor-próprio, é egoísmo e às vezes até abusivo com o outro, e sei que me basear nesses três critérios não me isenta de me decepcionar e sofrer porque não tem como a gente prever como a relação vai ser sem dar uma chance antes, sem se arriscar, mas eu acredito que assim vou conseguir identificar melhor os sinais de que estou em uma relação indigna. O diálogo é muito importante, mas tem gente que só fala o que o outro espera ouvir, então são as atitudes da pessoa que vão expressar suas verdadeiras intenções. As pessoas dão sinais, por isso mantenho meu coração de olhos bem abertos. Há uma diferença imensa entre uma pessoa que te procura porque gosta de você e uma pessoa que te procura porque é conveniente a ela. Quem te valoriza, não fica dando desculpas.

Agora eu entendo porque tive tantas relações frustradas. As minhas referências de amor eram completamente distorcidas. Eu falava que queria encontrar um grande amor, mas na verdade eu estava apenas procurando um relacionamento. O amor não é feito de sacrifícios, é feito de desafios. A gente tem que aprender a diferença entre um e outro. A gente não tem que comer o pão que o diabo amassou "por amor", mas muitas vezes a gente aguenta para manter um relacionamento, especialmente quando toda a sociedade quer nos fazer acreditar que não vamos conseguir nada melhor que isso. Assim nasce uma relação tóxica. A partir do momento em que a gente acredita que nenhum homem presta, que todo cara vai nos trair e que precisamos aguentar tudo "em nome do amor" (porque o contrário disso significa que a gente é egoísta e vai acabar sozinha, o que é dito em forma de ofensa), a gente se conforma em ter uma relação indigna.

Eu via amor onde só existia apego, e quando o relacionamento não dava certo, eu acreditava que o amor era o problema. Como eu não tinha nenhuma noção de amor-próprio, qualquer migalha de afeto que as pessoas me ofereciam, eu catava os farelos e guardava em um potinho como se fosse sagrado.

Eu estou longe de saber de tudo, pelo contrário. Uma coisa que eu descobri nos últimos tempos é que não sei de nada, eu ainda estou engatinhando nesse processo de me conhecer (e ainda vou quebrar muito a cara). Há alguns meses, eu nem sequer pensava se as afirmações que eu ouvi a vida inteira sobre ser mulher, sobre relacionamentos e sobre o comportamento dos homens estavam de acordo com a minha verdade. Eu apenas seguia o fluxo e reproduzia tudo que tinham me ensinado. Quem me conheceu naquela época, já não sabe mais quem eu sou, e está tudo bem porque eu também estou tentando descobrir. Aprender a me perdoar tem sido fundamental nesse processo.

Hoje eu percebo que tenho a oportunidade de transformar a minha realidade. Eu não posso mudar as pessoas ao meu redor, mas posso mudar as pessoas com as quais eu me relaciono e, mais importante ainda, eu posso mudar a forma como eu me sinto e reajo diante do que fazem comigo. Porque a pessoa que tira a minha paz não pode ser o grande amor da minha vida, mas se ela consegue tirar a minha paz é porque eu nunca a tive de verdade, sabe? Então, eu preciso estar olhando para dentro para encontrar meu ponto de equilíbrio, e não para os outros.

Eu fiquei pensando que não sou só eu quem passa por todos esses processos, todo mundo está (ou deveria estar, pelo menos) travando suas próprias batalhas internas e tentando se encontrar. Então, se relacionar é, além de lidar com suas próprias angústias, entender que o outro também estará passando pelas mesmas zonas de conforto e conflitos. Isso pode ser assustador para quem tem medo de se envolver, mas pode ser motivador para quem tem um relacionamento que realmente importa em sua vida. Porque mesmo que a relação esteja em uma fase difícil, permanecer com essa pessoa não significa desligar o amor-próprio, mas ser empático com a situação do outro. Eu achava muito piegas esse negócio de terapia de casal, mas hoje em dia eu penso que se eu encontrar alguém que esteja disponível, disposto e interessado e construirmos uma relação de valor, eu não vou abandonar o barco se passarmos por algumas tempestades. Se a pessoa estiver na mesma página que eu, a nossa chance de nos reconstruirmos ainda mais fortes do que antes, aumentam.

Embora não tenha sido fácil descobrir e entender tudo isso, eu sinto que estou no caminho certo. Eu sei que irei falhar ainda milhares de vezes porque o processo de desconstrução é constante, mas uma vez que eu começo a repensar sobre os filmes de amor, as letras de músicas, os conselhos que eu já ouvi, todos os hábitos que eu adquiri e que formam a minha autoestima e, claro, meus próprios relacionamentos e todos os sentimentos que florescem em mim, não dá para voltar atrás, entende? Não dá para eu permanecer na ignorância e ser a mesma Sofia porque a minha consciência se expande de tal forma que eu já não caibo em quem eu era. Eu prefiro ser essa metamorfose constante a não conhecer a minha própria verdade. Apesar de todos os altos e baixos, eu me sinto em paz em saber que tudo acontece por uma razão.

***

CAPÍTULO XXIV

"

Diferentemente do que muitos pensam, as verdadeiras histórias de amor não começam quando o casal de fato se conhece. Começam quando um dos dois, por coincidência ou destino, sai da sua zona de conforto em busca de si mesmo e, por sorte ou propósito, se encontra no outro. O amor nasce da coragem."

@samanthasilvany

> *Não importa há quanto tempo você está solteira, nem quantas vezes deu a cara à tapa para se relacionar e, tampouco, a idade que você tem, você só atrai a pessoa certa quando está em paz consigo mesma.*"

ELA

(Algum tempo depois)

Tudo bem, eu menti. Quero dizer, eu falei a verdade na hora, eu juro, mas depois eu mudei de ideia. O que é que tem de mais nisso? Que garota, depois de passar por uma relação complicada e um término doloroso acredita que vai se apaixonar de novo *tão rápido*? Eu podia jurar de pés juntos que o amor não iria acontecer para mim por, no mínimo, cinco anos. Sério, eu fiz os cálculos. Na minha cabeça, era o tempo que eu precisava para fazer uma faxina em meu coração, jogar muita lembrança fora e pôr cada sentimento em seu lugar. Eu tinha tanto trabalho a fazer que eu não via espaço para mais ninguém em meu peito. Eu jamais iria adivinhar que depois de um ano estaria namorando. Sim, eu mesma, na-mo-ran-do!

Não era pra acontecer. *Eu não estava buscando*. Pela primeira vez na minha vida, eu finalmente estava de boa comigo mesma, sabe? Depois de todo desgaste envolvido em minha relação com o Leo, eu senti um vazio imenso em meu coração, como se eu tivesse perdido *de verdade* uma parte de mim. Pensando bem, eu realmente perdi uma parte de quem eu era, mas de uma forma positiva, como se eu saísse de um casulo e tivesse que aprender a amar quem eu me tornei porque não tinha como voltar atrás; aquele casulo ficara pequeno demais pra mim.

Não vou mentir, fiquei com medo de me tornar uma pessoa amarga, desacreditada, que não perde a oportunidade de falar que o amor não existe. Porque, sinceramente, isso passava pela minha cabeça de vez em quando (especialmente quando eu estava de TPM, meus hormônios tentam boicotar minha sanidade mental constantemente) e, às vezes, eu me entregava a esse sentimento de coitadismo porque, ainda por cima, eu sou canceriana e, como todo signo de água, a gente vive as dores e os amores na mesma intensidade. Se eu não fizer uma performance de "Lose You To Love Me", da Selena Gomez, na janela do meu quarto em um dia chuvoso, eu não consigo superar. Sério. Faz parte do meu ritual de recomeço.

No entanto, eu aprendi que a superação tem altos e baixos; nem todos os dias são só alegria e nem todos os dias são só carência e saudade. O que me ajuda a manter o equilíbrio entre dias bons e ruins é a minha consciência em paz. Quando batia aquela vontade de saber da vida dele ou quando eu me lembrava dos momentos bons, eu respirava fundo, dizia para mim mesma que eu tinha feito a escolha certa porque ele não era a pessoa certa pra mim (podia até estar interessado, mas não estava disponível nem disposto) e esperava passar (bem longe do meu celular, de preferência) e, assim, pouco a pouco, eu fui vencendo a mim mesma. Afinal, eu sou a pessoa que mais escuta o que eu falo, portanto, se eu não tomar muito cuidado com as minhas palavras, eu vou acreditar que o amor é uma flor roxa que nasce no coração dos trouxas. Sério.

Se eu não acreditar que mereço um amor verdadeiro, quem poderá me convencer do contrário? Ninguém. Então eu tinha que, primeiro, perder o hábito de me lamentar, parar de sentir pena de mim mesma e perdoar tudo que aconteceu para, só então, ser capaz de superar.

Todo o tempo e energia que eu devotava a essa relação, e que eu só percebi quando terminou justamente por conta do vazio que senti, eu dediquei a mim. É impressionante o quanto a nossa vida fica estagnada quando estamos focados em uma pessoa ou em uma relação em vez de nós mesmos, e a gente só percebe isso quanto chega ao fim.

Decidi me focar em meu trabalho, escrever mais do que nunca e, como se fosse um passe de mágica, minha vida começou a fluir. Até a Miranda, minha chefe, passou a me notar com mais respeito, elogiar meu comprometimento e, no fim do ano, para minha surpresa e alegria, ela me promoveu a redatora-chefe, e agora eu tenho a autonomia de escolher as pautas da revista. Como não sou boba nem nada, aproveitei para contar minha história de triângulo amoroso (claro que mudei o nome dos envolvidos para não comprometer ninguém) para, quem sabe, incentivar outras pessoas que passam pela mesma situação a refletir sobre isso. E deu muito certo. A coluna "Como deixar de ser trouxa" ganhou bastante destaque nas redes sociais e se tornou semanal. Agora eu não escrevo apenas sobre as minhas desilusões amorosas, mas também compartilho histórias de outras pessoas com a intenção de conscientizá-las sobre a importância do autocuidado ou fazer com que elas aprendam a rir das próprias desgraças. Ou os dois. Ouvi boatos de que essa coluna poderia se tornar um seriado para televisão e quase enfartei, eu juro. Seria a realização de um sonho!

Aos poucos eu senti que a vida estava sorrindo de volta para mim, então comecei a investir mais em meu bem-estar, fazer exercício com mais disciplina (nunca fui uma grande fã, mas o ser humano precisa se exercitar, querendo ou não. Quanto antes a gente tem consciência disso, mais fácil a gente se adapta), ser mais cuidadosa com minha alimentação, que impacta diretamente no meu humor, estresse e ansiedade, meditar e fazer algumas sessões de terapia. Eu não achava que precisava, mas a Vanessa me disse que a terapia é um dos caminhos para nos conhecermos melhor e trabalharmos questões pessoais, como as crenças limitantes que acreditávamos ser verdades absolutas, então dei uma chance e não me arrependo, tem sido ótimo. Sinceramente, ouvir da pessoa que você está se envolvendo um "eu faço terapia" vale mais do que um "eu te amo" hoje em dia.

Como não sou de ferro, também preciso de um tempo para me divertir com minhas amigas, portanto, além do tradicional almoço semanal entre mim e Vanessa, do qual a Alicia passou a fazer parte, nós também nos reunimos aos fins de semana.

Alicia me surpreendeu cada vez mais, ela é uma das pessoas mais determinadas que já conheci. De vez em quando, ela confessava que pensava no Leo, sentia falta dele, da amizade dele, e não só do relacionamento, mas ela não acreditava que era o momento para tentarem ser amigos, porque enquanto as feridas não estivessem cicatrizadas e o sentimento se modificado completamente, uma reaproximação poderia tornar o processo ainda mais longo e doloroso. Portanto, ela não cedia aos momentos de solidão nem de embriaguez. Ela dizia que ele sempre faria parte da sua vida e da sua história e, apesar de tudo, tinha um carinho enorme por ele e por tudo de bom que viveram, por isso, gostaria que, um dia, tivessem uma amizade honesta, que não fosse um gatilho para alimentar o sentimento de apego em nenhum dos dois, e a melhor forma de dar a oportunidade para isso acontecer seria não se precipitando, permitindo que o tempo curasse as mágoas entre eles. Maturidade é isso.

Alicia continua solteira ou, como ela costuma dizer, em um relacionamento sério consigo mesma. É engraçado perceber que, assim como eu, ela saiu do seu casulo e tem aprendido a amar quem se tornou. O vídeo do casamento, definitivamente, foi o ponto de virada da sua história, quando a vida começou a sorrir para ela de volta. Ela alcançou milhares de seguidores nas redes sociais por compartilhar as fases do término, da superação e do recomeço com um olhar positivo. Ela ficou conhecida como Fada Sensata do Amor-Próprio, e não foi à toa.

E, por falar nisso, Vanessa está mais engajada do que nunca em empoderar mulheres. Eu disse a ela que há muitas pessoas – não só mulheres – que precisam ouvir o que ela fala com tanta naturalidade, que ela não devia se limitar aos seus pacientes porque ela é a verdadeira Garota Legal Que Não Se Preocupa Em Ser Legal. O grande diferencial dela é ser quem é, ter uma personalidade tão forte e uma essência inabalável. Acho que de tanto que eu falei, ela acabou acreditando em seu gigantesco potencial de lidar com pessoas e seu admirável controle emocional e começou a dar palestras, primeiro, para grupos pequenos de até trinta pessoas em empresas e faculdades e, depois, para auditórios e teatros lotados. Não demorou muito para ser convidada a apresentar um *TED Talks* e sua carreira deslanchar. Eu tenho muita sorte de tê-la como amiga, porque conseguir uma vaga em sua agenda pode levar meses.

Apesar do quanto nossa vida mudaram, a gente sempre dá um jeitinho e prioriza o nosso encontro porque, às vezes, é difícil que vejamos nosso próprio progresso e estarmos ao lado de pessoas que estão tendo grandes vitórias é um claro sinal de que estamos no caminho certo.

Foi em um desses encontros, entre gargalhadas e taças de vinho, que eu conheci *ele*. Eu tentei evitar, eu juro. Eu estava tão confortável com quem havia me tornado, tão realizada por tudo que estava acontecendo em minha vida que, no fundo, eu tinha certo medo de me entregar novamente e perder tudo que eu havia conquistado, sabe? Eu não queria dar poder (outra vez) para uma pessoa e me desestabilizar, porque só eu sei o quanto foi difícil recomeçar. Mas *ele* chegou despretensiosamente, foi ganhando espaço em minha vida de mansinho e não parecia estar jogando comigo. Ele me deixou confortável em ser eu mesma, em fazer minhas piadas sem graça, em dançar sem ritmo. Ele parecia gostar da minha companhia, das nossas conversas, de quem eu sou, diferente de como o Leo gostava. Ele me fez sentir que queria estar comigo, mas não que me queria para ele como se fosse meu dono, sabe?

Por tudo isso, eu decidi arriscar, mesmo calejada e um pouco cansada de relacionamentos que não deram certo e, foi assim, logo quando eu não criei expectativas, que a relação funcionou melhor do que nunca. É impressionante o que acontece a nossa volta quando passamos a cuidar de nós por dentro. A gente fica leve e parece que essa leveza contagia as pessoas ao nosso redor.

Já tinham me dito que o amor acontece quando a gente não está procurando, mas confesso que eu nunca levei a sério esse clichê. *Não porque eu não quisesse*. Mas porque eu achava que isso significava "não sair para a balada à caça de um pretendente" ou "não achar que todo cara que você conhece é seu futuro marido". Ou os dois. Então, no início, eu bancava a esperta e descolada que queria sair para dançar com as amigas (mas passava a noite inteira esperando conhecer alguém) e a

Garota Legal que não quer um relacionamento tão cedo porque está focada no trabalho (mas torcia para que o Universo a recompensasse com um amor). Ou seja, a única pessoa que eu estava conseguindo enganar era a mim mesma.

"Não procurar um amor" não quer dizer "não procurar alguém", significa reconhecer o amor que já existe em nós e aprender como cultivá-lo cada vez mais. Aprender como pôr amor em tudo que a gente faz, seja em nosso trabalho, seja em casa, seja em nossas amizades, ou seja, entre seres humanos por pura empatia. Significa viver uma vida com amorosidade, independentemente de estar em um relacionamento ou não, pois é quando a gente passa a viver por amor que a gente atrai pessoas que estão na mesma sintonia, pessoas que desejam compartilhar o amor delas com a gente, pessoas que, assim como eu, por mais que já tenham se decepcionado, não permitem que o medo de sofrer as impeça de tentar de novo. Pessoas que são mais corajosas do que imaginam, pra ser sincera.

Confesso que não é fácil encontrar alguém assim, até porque não foi fácil para entender o meu processo e, assim como eu, há milhares de pessoas travando suas batalhas internas com um sorriso no rosto. A gente nem imagina o que há por trás, a gente não faz ideia de quais são suas histórias, seus sonhos, seus medos. E se a gente ficar apenas esperando que apareça alguém que se entregue completamente logo de cara, que seja ele mesmo e nos coloque em um pedestal, a gente realmente vai ficar pra titia. E não vai ser por culpa de "não ter aparecido ninguém que preste", mas da nossa falta de empatia em perceber que estamos todos no mesmo barco. Ninguém nasce sabendo, e no processo de aprendizado a gente se ferra bastante, verdade seja dita. Relacionamentos são 50/50. É o equilíbrio entre dar e receber.

Mas uma coisa eu garanto: vale a pena. Vale a pena ter paciência para esperar uma pessoa que queira fazer dar certo, embora tenha um monte de defeitos e nem sempre acerte conosco. Vale a pena apostar em valores compatíveis, e não em estereótipos idealizados porque, no fim das contas, o que faz uma relação durar é a admiração que um sente pelo outro. Vale a pena se permitir ser vulnerável porque, não importa o que aconteça, isso nos fará mais forte. Vale a pena se dar a chance de amar novamente, uma, duas, dez vezes que seja, porque nunca é em vão.

Hoje eu entendo que não importa há quanto tempo você está solteira, nem quantas vezes deu a cara à tapa para se relacionar e, tampouco, a idade que você tem, você só atrai a pessoa certa quando está em paz consigo mesma. A ansiedade é o que faz com que pareça impossível, mas não é. A gente apenas tem que acreditar que merece e confiar que o Universo vai dar seus pulos para nos trazer quem a gente precisa.

É fácil amar o outro quando a paixão está desabrochando, nos dias de riso solto, nas viagens românticas, nas declarações em redes sociais, entre quatro paredes, nos boletos pagos e nas louças lavadas. Se apaixonar pelas qualidades e pelos momentos bons é a coisa mais fácil do mundo, mas ninguém nos fala que esse amor perfeito, que a gente idealizou a vida inteira, não sustenta uma relação, por mais que a gente queira.

Para que a gente possa ter um relacionamento saudável é preciso aprender a abraçar os defeitos de quem se ama, os dias de luta, quando a conta não fecha no fim do mês, o mau humor matinal, a tampa do vaso levantada, a toalha molhada em cima da cama, as respostas inconclusivas, as manias estranhas, a velha discussão sobre quem tem a razão.

Namorar nos dias bons não tem dificuldade, mas resistir ao seu lado quando os defeitos vierem à tona, quando cair na rotina, quando o encanto acabar é uma demonstração de imenso respeito e empatia até por suas piores fases. Namore alguém que não te deixe dúvidas, que te incentive a crescer, que tenha a bravura de demonstrar como se sente. Namore alguém que sinta orgulho de você, que saiba perdoar e esteja disposto a aprender. Porque, às vezes, é quando a gente acha que não merece tanto cuidado e carinho que a gente mais precisa de um porto seguro.

Compreender isso ressignificou completamente para mim a frase "o amor vence tudo". É o amor em sua essência que vence tudo, e não o amor romântico.

Diferentemente do que muitos pensam, as verdadeiras histórias de amor não começam quando o casal de fato se conhece. Começam quando um dos dois, por coincidência ou destino, sai da sua zona de conforto em busca de si mesmo e, por sorte ou propósito, se encontra no outro. O amor nasce da coragem.

Diferentemente do que muitos pensam, as verdadeiras histórias de amor não precisam de declarações públicas de afeto, buquê de flores e fogos de artifício. O amor nasce da simplicidade. É sobre ter alguém para compartilhar os mesmos valores e saber que tem um aliado contra o resto do mundo, mesmo que sejam completamente diferentes um do outro. É sobre ter alguém que te admira e te conduz diariamente em direção ao seu ponto de equilíbrio, que tem compaixão por suas falhas e respeito por seu crescimento. É sobre ter alguém que te aceita, te acolhe e que, às vezes, é teimoso o bastante para insistir que você é mais capaz do que imagina. E você se sente feliz apenas por sentir que o amor também se manifesta através de pequenos gestos.

O mundo nos ensinou a consumir e romantizar o amor. O amor romântico dos filmes, das músicas e dos nossos sonhos realmente não existe e acreditar nisso é como crer em contos de fadas. Tal hora, a gente precisa aprender a diferença entre o amor em sua essência, que nos conduz a uma vida de amorosidade, e o amor que idealizamos.

Sinto uma paz imensa em saber que o amor existe, resiste e sobreviverá haja o que houver. *O amor vive entre nós.* O amor é uma energia abundante, e os seres humanos gostam de estar no controle. Não falta amor nas pessoas, falta coragem para se relacionar, essa é a verdade. Torço para que cada vez mais pessoas acreditem em sua própria capacidade de amar.

CAPÍTULO XXV

"

Todo mundo julga saber
qual a direção certa,
mas ninguém te alerta
que alguns caminhos
são sem saída. Às vezes,
tudo que a gente precisa
é de alguém que nos
dê um empurrãozinho
para sairmos da nossa
zona de conforto."

@samanthasilvany

> *Cada um tem a quem merece."*
>
> **ELE**

Certas coisas acontecem em nossa vida para causar uma metamorfose em nossas convicções. A gente tem mania de achar que relacionamentos devem seguir alguma cartilha de instruções para serem bem-sucedidos, que se a gente fizer tudo conforme manda o figurino teremos uma relação sólida e duradoura e que o amor vai ser o bastante para manter duas pessoas juntas independentemente de quais sejam os obstáculos. O problema é que ninguém conhece ninguém de verdade. Você pode passar anos ao lado de uma pessoa, se acostumar aos seus defeitos e se adaptar as suas mudanças, mas nada disso garante que ela não jogue tudo para o alto e te dê um pé na bunda quando bem entender. Se uma pessoa age como se não tivesse consideração por você, acredite. Quem te considera, te passa confiança. Nem se iluda. Na hora do vamos ver, as pessoas são egoístas e estão onde lhes convém. *Cada um tem a quem merece.*

Se alguém me dissesse há um ano que eu estaria em um relacionamento sério após ter sido abandonado no altar por minha ex-noiva, eu diria que as chances de isso acontecer seriam abaixo de zero. Principalmente porque eu estava traumatizado. Eu fiz tudo em nome do amor e recebi em troca ingratidão e humilhação pública, logo da pessoa que dizia me amar mais do que tudo. Eis o que eu aprendi: as pessoas que mais nos amam são também as que mais nos machucam.

Eu bem que tentei permanecer na surdina, esperar a poeira baixar e meu nome sair da boca do povo, apesar de todo o esforço da Alicia em me difamar e destruir minha carreira, mas quando começaram a surgir várias calúnias ao meu respeito, eu tive que me pronunciar. Todo mundo queria ter seus quinze minutos de fama através de mim, todo mundo queria ganhar um biscoito[4] com a minha desgraça.

Francamente, isso me deixou apavorado a princípio, mas eu percebi que a procura pelos meus livros no Google também havia aumentado. Sabe aquele ditado que diz "falem bem ou falem mal, mas falem de mim"? Pois é, o ser humano é mais engajado em destilar ódio do que em defender aquilo que acredita. Então, eu vi nisso uma oportunidade de aumentar meus negócios e passei a dar ao povo no caso, aos internautas aquilo que eles queriam: a minha redenção.

Eu percebi que a maioria das mulheres que apontavam o dedo na minha cara e me atacavam como se eu tivesse feito algo diretamente a elas apenas estavam descontando em mim as suas próprias frustrações. Algum homem já as havia ferido e elas queriam punir todos os outros homens do mundo por isso. Mas mesmo que elas não fossem capazes de admitir, tudo que elas mais queriam era que o homem dos seus sonhos mudasse. A prova disso foi que no momento em que eu comecei a demonstrar arrependimento, muitas mulheres que me criticavam passaram a me adular, como se eu tivesse fazendo muito. Foi uma questão de tempo até que eu conseguisse convencer aquelas que se sentiam mal-amadas a se tornarem minhas fãs.

---

4. Dar/ganhar/pedir biscoito significa fazer algo claramente na intenção de receber atenção, elogios ou popularidade.

O lado bom de ter sido cancelado na internet é que você perde o medo de ser cancelado de novo, porque as pessoas têm memória curta. Elas não vão te importunar por muito tempo, logo surge outra novidade, outra polêmica, outro alvo para que possam direcionar suas próprias mágoas e elas te esquecem. Se você for esperto, nesse meio tempo você pode usar a fama para fazer mais dinheiro e seduzir as pessoas que estão em cima do muro para se tornarem seus aliados. Há pessoas que são facilmente influenciáveis e manipuláveis e há pessoas que são líderes natos, como é o meu caso. Eu nunca tive a pretensão de ser famoso, mas descobri como usar isso a meu favor.

Além do mais, houve pessoas que desde o princípio me defenderam porque acharam um absurdo o que a Alicia fez comigo, falta de consideração total pelos anos em que estivemos juntos, uma tremenda falta de respeito com nossas famílias e amigos que estavam presentes. Muita gente enxergou a atitude dela como a de uma garota mimada e de índole ruim. Independentemente do que tenha acontecido em nossa relação e dos erros que cometemos, é preciso ter o sangue muito frio para não sentir um pingo de remorso ao largar alguém no altar como ela fez e expor tudo isso na internet.

Uma dessas pessoas que esteve ao meu lado e me enviando mensagens de apoio foi *ela*. Ela não acreditou nas páginas de fofoca e no escândalo que muitas mulheres estavam fazendo para ganharem biscoito. Ela me disse que gostava de ouvir os dois lados da história antes de tirar suas conclusões, que não se deixava levar pela cabeça dos outros e que, não importa se é homem ou mulher, somos todos seres humanos e merecemos a chance de nos explicar.

Logo de cara, sua postura me deixou encantado e nos aproximamos como amigos. Ela soube se colocar em meu lugar e disse que nem toda mulher consegue perceber a sorte que tem de ter alguém que queira um compromisso tão sério quanto o casamento e acaba jogando fora a chance de sua vida. Continuamos conversando quase que diariamente sobre relacionamentos e percebemos que tínhamos muitas coisas em comum. Ela é praticamente minha versão feminina. Mas eu estava traumatizado demais para querer me envolver novamente, e ela tinha namorado, por isso estava controlando seus desejos. Porém, não conseguimos evitar a força do sentimento que criamos um pelo outro e decidimos nos encontrar, apesar de todos os contras.

Não deveria ter passado de uma noite, mas nós precisávamos do apoio um do outro. Ela estava infeliz em seu relacionamento e eu estava fugindo de um compromisso sério, e isso, de alguma forma, fez com que nos atraíssemos. Quem pode me dizer como ignorar essa conexão? Todo mundo julga saber qual a direção certa, mas ninguém te alerta que alguns caminhos são sem saída. Às vezes, tudo que a gente precisa é de alguém que nos dê um empurrãozinho para sairmos da nossa zona de conforto.

Eu, que nunca imaginei que pudesse namorar uma mulher que traiu o ex, me vi completamente enfeitiçado por ela. Francamente, não havia uma pessoa melhor no mundo para entender exatamente como eu me sentia em meu relacionamento. Tudo o que nós buscávamos era a liberdade de sermos nós mesmos e, ao mesmo tempo, estar com quem a gente ama. Então, depois de alguns meses saindo às escondidas, analisando os prós e contras e nos conhecendo melhor para ver até que ponto valeria a pena investirmos em uma relação séria, decidimos nos assumir publicamente. Até porque, se as pessoas pudessem ver o nosso amor com bons olhos, como o sentimento avassalador que é e o quanto nos fazíamos bem juntos, eventualmente, elas iriam esquecer da forma que começou o nosso relacionamento. Ela não seria julgada por ter traído o seu ex e eu não estaria condenado ao título de cafajeste para o resto da minha vida. Nós dois seríamos beneficiados no fim das contas. Só o ex dela que não ficaria muito feliz com isso, mas antes ele do que a gente, francamente.

    Se alguém me dissesse há um ano que eu estaria em um relacionamento sério com uma mulher que traiu seu ex comigo após eu ter sido humilhado publicamente por minha ex--noiva, eu diria que as chances de isso acontecer seriam abaixo de zero. Porque eu estava emocionalmente abalado. Porque a última coisa que eu queria era complicar minha vida com um novo amor. Porque relacionamentos monogâmicos não são feitos para durar. Eu não planejei nada disso. Não deveria ter passado de uma noite, mas imprevistos acontecem. Principalmente quando cada um tem a sua própria verdade.

AGRADECIMENTOS

Querid@ leitor@,

Quando esbocei os capítulos e defini a história, eu não imaginava que ela fosse terminar assim. A minha intenção era fazer com que você, de acordo com sua própria visão de mundo e experiência, decidisse de que lado ficar na história e que, ao fazer isso, você descobrisse mais sobre si mesmo. Mas à medida que Leo, Alicia e Sofia foram nascendo, eu percebi que meu romance não era uma história de amor como todas as outras. Como eu poderia falar sobre o amor entre um homem e uma mulher sem falar sobre o amor-próprio de uma mulher? Ou melhor, de duas. Então eu decidi escrever a história que eu gostaria de ver nos filmes, nas músicas, no comercial de margarina. Essa é a história que eu gostaria de contar para minhas filhas, minhas netas e todas as mulheres que cruzarem o meu caminho, porque se tem um amor pelo qual vale a pena lutar, ele se chama próprio.

Portanto, eu preciso te dizer algo que talvez doa ouvir: **não vale a pena.**

Sabe aquela pessoa que diz gostar de você, mas que não está pronta para te assumir ou para ter um relacionamento sério? Não vale a pena. Quem gosta de verdade não se acovarda.

Sabe aquela relação que você sente que precisa pisar em ovos para não por tudo a perder? Não vale a pena. Ninguém consegue sustentar um relacionamento sozinho.

Sabe aquela vontade de dormir de conchinha com alguém mesmo que não seja a pessoa que você realmente gostaria? Não vale a pena. Isso é carência, e não amor.

Sabe aquele amigo que aparece nas horas ruins e some nas suas conquistas? Não vale a pena. Às vezes, as pessoas querem te ver bem, mas nunca melhor do que elas.

Sabe aquela pressão de ser bem-sucedido aos vinte e poucos anos? Esquece. Cada pessoa tem seu próprio tempo. A vida não é uma corrida. É mais importante que você saiba a direção que quer seguir do que a velocidade dos seus passos.

Sabe aquela pessoa que te magoou tanto, mas tanto, que você gostaria de dar o troco? Não se preocupe, a Lei do Retorno não falha. O amor que você tem é o amor que você faz.

Não permita que nenhuma crença negativa te impeça de ser feliz. Não se cobre tanto acerto. Estamos no mesmo plano de aprendizado.

Prometa ser fiel a você, se amar e se respeitar na alegria e na tristeza, na saúde e na doença para o resto de sua vida e além. Ninguém tem a obrigação de te amar, a não ser você. Se conheça e conhecerá a Deus e o Universo. O amor vive e se manisfesta através de ti. Não duvide porque é o que você merece.

Você vale a pena.

Você vale a pena.

Você vale a pena.

Você não precisa salvar o mundo, mas se você puser amor em tudo o que você fizer, definitivamente, você fará o mundo um lugar melhor do que estava quando você nasceu.

Não se esqueça: o amor que você vê em mim é o amor que habita em você.

Era só isso que eu queria te dizer.

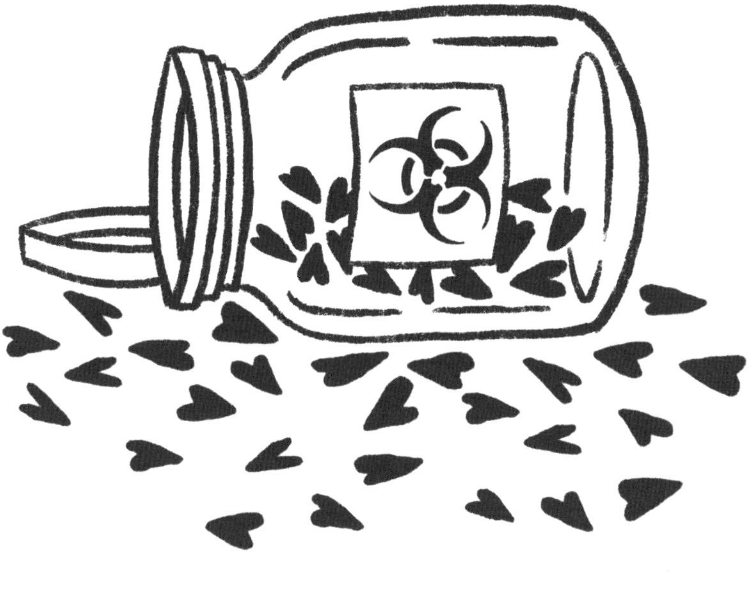

**Acreditamos
nos livros**

Este livro foi composto em Adobe Jenson Pro
e impresso pela Geográfica para a Editora
Planeta do Brasil em novembro de 2022.